奎文萃珍

狐媚叢談

[明]憑虛子 輯
[明]楊爾曾 刊

文物出版社

圖書在版編目（CIP）數據

狐媚叢談 / (明) 憑虚子輯 ; (明) 楊爾曾刊. --
北京 : 文物出版社, 2022.6
（奎文萃珍 / 鄧占平主編）
ISBN 978-7-5010-7431-0

Ⅰ. ①狐… Ⅱ. ①憑… ②楊… Ⅲ. ①文言小説 – 小説集 – 中國 – 明代 Ⅳ. ①I242

中國版本圖書館CIP數據核字(2022)第013151號

奎文萃珍
狐媚叢談 〔明〕憑虚子 輯 〔明〕楊爾曾 刊

主　　編：鄧占平
策　　劃：尚論聰　楊麗麗
責任編輯：李子裔
責任印製：張　麗

出版發行：文物出版社
社　　址：北京市東城區東直門内北小街2號樓
郵　　編：100007
網　　址：http://www.wenwu.com
經　　銷：新華書店
印　　刷：藝堂印刷（天津）有限公司
開　　本：710mm × 1000mm　1/16
印　　張：22
版　　次：2022年6月第1版
印　　次：2022年6月第1次印刷
書　　號：ISBN 978-7-5010-7431-0
定　　價：130.00圓

序　言

《狐媚叢談》五卷，題明憑虛子輯。明代志怪小説集。

這是中國古代文學史上唯一一部以狐爲主題的文言小説集。全書收録狐妖、狐精、狐媚故事一百三十餘篇，多取自漢晋以來的類書、筆記，其中來自《太平廣記》的篇目最多，大體構成了前四卷的主體。其餘來源爲《虞初志》《夷堅志補》《宣和遺事》《庚巳篇》《百家公案》《剪燈餘話》等書。

書前有墨戻子《狐媚叢談小引》，云：『狐爲媚也，齊諧聞而志之，憑虛子叢而傳之，以爲談助。』故該書作者當爲『憑虛子』。所謂『憑虛子』，意即子虛烏有之人，其真實姓名今已無從考索。正文前又有《説狐》一篇，輯録有關狐媚或狐妖的論述、詩文、傳説三十條。首條即解釋『狐媚』之名：『狐，妖獸，鬼所乘也，其狀鋭口而大尾。説者以爲古先淫婦所化，其名曰「紫」，其怪多自稱「阿紫」。善爲媚惑人，故稱狐媚。』全書按照故事發生的時間先後爲綫索進行編排，以卷一《崔參軍治狐》爲分界點，此前大體是發生在唐以前的狐故事，以首篇《青狐代舜浚井》故事發生最早；《崔參軍治狐》至卷五《誦經却狐》爲唐宋時期的狐故事，《誦經却狐》之後的《驪山狐》爲元代狐故事，此後至卷末則爲明代的狐故事。此書大體呈現了中國古代狐故事的發展流變史。《狐媚叢談》于明末傳至日本，日人林羅山于日本寬永九年（即崇禎五年，一六三二）抄録全書，又據此編纂成《狐媚鈔》一書。故此書在日本也有一定的影響力。

《狐媚叢談》最早著録于明趙用賢《趙定宇書目》，曰：『《狐媚叢談》，一本。』趙用賢卒于明萬曆二十四年（一五九六）三月十五日，是此書之編成當在萬曆二十四年三月前。今存刊本爲明末楊爾曾草玄居刊補版後印本。該書部分書頁版心刻有『草玄居』。楊爾曾（生卒年不詳），浙江錢塘（今杭州）人。字聖魯，號雉衡山人、卧游道人。明萬曆時刻書家。其書坊名有『草玄居』『夷白堂』『泰和堂』等，編刊有《新鎸仙媛紀事》《海内奇觀》《圖繪宗彝》《韓湘子全傳》《新鎸東西晋演義》等書。楊爾曾所刻書以所附插圖精美而著稱，多爲明末武林版畫的代表作。鄭振鐸對其插圖評價甚高，稱：『插圖的刻者們一定是技術高人一等，宜于想象，同時而又能表現「現實」的，能傳達傳統的好畫法，又能對景寫生，有很高的創造性的。』（《中國古代木刻畫史略》）《狐媚叢談》有插圖二十九幅，綫條流暢，風格秀雋婉麗，人物神態生動自然，與《新鎸仙媛紀事》插圖風格頗類。

此據明刻草玄居本影印。

楊健

二〇二二年七月

狐媚叢談小引

狐為媚也齊諧聞而志之憑虛子叢而傳之以為談助拘方生非之曰天下事經目斯真諸說鑿空庸詎皆目覩乎即目覩矣猶當尊不語之訓杜

亂亡之前李何傳之通邑大都君揭日月而行也於是達觀老人聾而嘆曰唯唯否否齋固失矣楚亦為得也夫天壤間真幻兩對帙中所載果且有是也乎哉果且無是也乎哉真

則真之幻則幻之幻其真而真其幻從其真幻而真幻之無事鶚炙與時夜也儻謂不然濡尾聽冰南山有道何以稱焉蓋造化生此物必以此變希閫異聞亦無足怪況乎狐之媚人

也假人狀而眩之人之媚人也竊狐術而用之勢在外以身為雌勢在內以身為雄勢在纖微又以身為閨閣翁張昇抗桑劉秉捷而隱其迹是不獨狐人也抑人狐矣狐而人也所可

言也人而狐也不可言也姑無暇遠
引即今仕處二途羣我相與傾反
復何渠不狐者子將托物比類以示
譏乎抑明指顯摘以自暴乎此必有
辨則昔之傳此事也有為也今之蒐

此也為其為也莊周寓言諒且義是矣
而何真幻之是云二究釋然書斯卷
以弁集

墨屎子譔

狐媚叢談目錄

一卷

五卷

狐媚叢談目錄終

說狐

狐妖獸鬼所乘也其狀銳口而大尾說者以為古先淫婦所化其名曰紫其怪多自稱阿紫善為媚惑人故稱狐媚聞為媚者以小口器盛肉置之狐所常處狐見肉欲之尒不能入徊徃不捨涎皆入器中取以為媚藥盖妖祥之禽故古有以篝火狐鳴以惑衆者狐色赤詩曰莫赤匪狐莫黑匪烏言其上下並為威虐莫適擇也今狐所在烏輙羣而噪之盖皆妖祥之

禽之所占也師曠以為東方有鳥文身朱足憎烏而愛狐然則狐可愛烏可惡今並為威虐則莫適求憎愛之正矣狐既淫媚之物故詩人以比齊襄求妃偶於南山之上綏綏然其行人皆惡之詩人之義寓物以顯其人雄狐者君子之象也春秋秦穆公伐晉筮之吉曰獲其雄狐釋者曰夫狐蠱必其君也既而獲晉惠公詩人但言齊子之歸而說者知其為齊襄公而来盖亦以此狐性善疑故

冰合時狐聽冰下水

無聲乃行人每則之皆須狐之已行乃渡易未濟稱小狐汔濟濡其尾蓋狐小尾大則有未濟之象以之為戒亦狐是執心不定者故春秋外傳曰狐埋之狐搰之是以無成功既自埋藏又自搰發皆執心不定之貌又漢燉煌郡杜林以為古瓜州顏師古曰既春秋傳允性之戒居於瓜州者也今猶山大瓜長者狐入瓜中食之首尾不出說文云狐有三德其色中和小前大後死則丘首管子云代出狐白之皮狐應陰

陽之變六月而一見九尾狐文王得之東夷歸焉
埤雅曰狐神獸也鬼所乘之有三德其色中和小前
大後死則丘首狐性好疑貒性好睡又皆藏獸故狐
貉之厚以居而蜡祭息民以狐裘也素問曰其主狐
貉變化不藏終南一章曰錦衣狐裘二章曰黻衣繡
裳錦衣狐裘言燕服也黻衣繡裳言祭服也爾雅曰
袞黻也袞衣謂之黻衣猶袞冕謂之黻冕也襄公能
取周地始為諸侯受顯服故是詩卒章言袞衣袞衣

即序所謂顯服舊說狐有媚珠又曰狐禮北斗而靈善變化其爲物妖淫故詩又以刺惡所謂雄狐綏綏是也雄狐說者以爲牡狐非是宜讀如狐不二雄之雄、狐君之象也又曰有狐綏綏在彼淇梁在彼淇厲在彼淇側言狐之爲物在山者也今反在淇梁淇厲淇側則失其常居矣雖失其常居然猶不失其匹衛之男女失時喪其妃耦則曾反狐之不若也易曰小狐汔濟濡其尾小者材不足也狐者志不果也材不足志不果是以幾濟而有濡尾之難故彖曰不續終也亦其尾重善濡溺故易正以為象里語曰狐欲渡河無如尾何是也禮曰君衣狐白裘錦衣以裼之不曰白狐裘而曰衣狐白者蓋天下無粹白狐而有粹白之裘者掇之衆白也故傳曰良裘非一狐之腋顔師古曰狐白謂狐腋下之皮其毛純白集以為裘輕柔難得故貴也管子曰狐白應陰陽之變六月而一見然則白狐蓋有之矣非常有也說文曰狐从孤

省狐性疑〻則不可以合類故从孤省也犬性獨狐性孤羊性羣鹿性麗說文曰鹿之性見食急則必旅行麗旅行也詩曰儦〻俟〻或羣或友則以鹿性旅行故趨則儦〻行則俟〻也毛詩傳云獸三曰羣二曰友類從曰粲燕識戊已不銜泥狐潛上冰不越度阡陌又曰狐狼知虛實虎豹識衝破蓋狐即孤也狐狼搏物皆以虛擊孤狐从孤省或以此故也音胡疑詞也

舊說江南無野狐江北無鷓鴣

世說云狐能魅人

狐神獸也五十歲能變化為婦人百歲為美女為神巫或為丈夫與女人交接能知千里外事善蠱魅使人迷惑失智千歲即與天通為天狐

九尾狐者狀赤色四足九尾出青丘之國音如嬰兒食者令人不逢妖邪之氣蠱毒之類

狐夜擊尾火出將為怪必戴髑髏拜北斗髑髏不墜

則化為人

道術中有天狐別行法言天狐九尾金色役於日月宮有符有醮日可以洞達陰陽

蜀中彭漢卭蜀絕無狐唯山郡往往而有里人號為野犬更有黃腰尾長頭黑腰閒焦黃或於村落鳴則有不祥事

易曰田獲三狐得黃矢注云餘三陰即三狐之象也亦為去邪媚而得中直之象

說狐

明少遐曰狐性多格䶈性多豫

竹書曰栢杼子征於東海及三壽得一狐九尾

戰國策曰虎求百獸而食之得狐、曰子無敢噉我天帝令我長百獸子若食我是逆天帝之命子以我為不信我為子先行子隨我後觀百獸見其䏻無走乎虎以為然隨狐而行百獸見皆走虎不知獸之畏已反以為畏狐也

廣雅曰一種面白而尾似牛故名玉面狐狸又名牛

[illegible]

尾尃食百菓
梟狐不神天與之昏
長慶中舉人歌曰欲入舉場先問蘇張蘇張猶可三
楊殺我故輦下謂三楊爲通天狐
封德彝賛妖禽孽狐當晝則伏
玄宗貴妃楊氏傳韓穊每入謁並驅道中從監侍姆
百餘騎炬密如晝靚粧盈里不施幃障時人謂之雄
狐

武后悅張昌宗桓彥範勑免楊再思謂為有功復官天下自此貴彥範賤再思戴令言賦兩脚狐以譏之

諺云狐向窟嘷不祥以忘本也

唐會要贊普臨陣奔北者懸狐尾於首以表其狐之性怯

楚辭曰封狐千里大狐健走千里也

文選云狐兔窟於殿傍

春秋潛潭邑白狐至國民利

北斗感儀南海輸以文狐
說苑臣未見稷狐見攻
駱賓王檄蛾眉不肯讓人狐媚偏能惑主
韓詩外傳狐水神也
李華鶚執狐記萁嘗目異鳥擊豐狐於中野雙睛矐
宿六翮垂雲迅若電馳厲若霜殺吻決肝腦介劃腎
腸昂藏自雄倏欻而逝問名與耕者對曰此黃金鶚
其何快哉因讓之曰仁人秉心哀矜不暇何樂之有

曰昦狐也為患大矣震驚我族姻擾亂我閭里喜逸
徐子之廬不畏申生之矢皇祗或者其惡貫盈而以
鶚誅之予非斯禽之快也而誰為悲夫位高疾僨厚
味腊毒遵道敢盛或罹諸殃況假威為孽能不速禍
在位者當洒濯其心祓除凶意惡是務去福其大来
不然有甚于狐之害人庸忸於鶚之能爾
蘇子美獵狐篇老狐宅城隅涵養體豐大不知窟穴
處草木但掩靄秋食承露珠夏飲灌園派暮夜出舍

傍雞畜遭橫害晚登埤堄鳴呼吸名百怪或爲嬰兒
啼或變蠱婦態不知幾千年出處頗安泰古語比社
鼠蓋亦有恃賴邑中少年兒躭獵若沈瘵遠郊盡雉
兔近水殲鱗介養犬號青鶻逐獸馳不再勇鬪比老
狐取必將自快縱犬索幽邃張人作疆界茲時頗窘
急迸出赤電駭羣小助嘷嗥奔馳數顛沛所向不能
入有類狼失狽鉤牙咋巨顙髓血相濡沫喘叫遂死
戾爭觀若期會何暇正首丘腥臊滿蒿艾數穴相穿

通城堞幾隳壞久矣縱凶妖一旦果禍敗皮爲塌上藉肉作盤中膾觀此爲之吟書以爲警戒

說狐終

狐媚叢談卷一

青狐代舜浚井

虞舜瞽子也母曰握登母死瞽娶繼室生象帝堯釐降二女於嬀汭嬪於虞父頑母嚚象傲克諧以孝烝烝乂不格姦瞽欲殺舜偕象謀掮階焚廩舜扶兩笠下得不死瞽復使浚井思以土掩之舜與二女惶惶無計庸入不生庸逆不孝號泣呼天天帝憫之降一青狐代舜浚井狐為土掩象遂自喜得二女也遥聞

琴聲心益娛悅入宮登牀舜匿帷中鼓琴自若象頳面悲號慰得生舜舜怡怡然不知己之生也無時仇怨

白狐九尾

禹年三十未娶行塗山有白狐九尾化爲塗山氏女名曰憍造禹塗山人歌曰綏綏白狐九尾龐龐成子家室乃都攸昌禹遂娶之生子啓辛壬癸甲啓呱呱而泣禹弗子惟荒度土功九年於外三過其門而不

入廡續惟興塗山氏之力也

狐變妲己

冀侯蘇護有女名妲己年十七歲姿色絕世繡工音樂無不通曉紂命取入掖庭護送妲己至恩州館驛安歇本驛首領告曰此驛幽僻淫邪所聚之地往来遊官被魅者多賢侯不宜安寢于内護叱曰吾送后妃入朝天子有詔在此何魅之有即令妲己寢於正堂數十婢妾各持短劍衛榻之左右燃燭焚香親封

其户：外又令壯士皆持利器互相替换巡綽不息將及夜半忽有一陣怪風從户隙而入中堂婢妾有不卧者見一九尾狐狸金毛粉面遊近榻前其妻揮劍斬之忽然燈燭俱滅其妾先被魅死狐狸盡吸姬已精血絶其魂魄脱其軀殼而卧於帳中殆及天明護啓户來問夜間動靜衆妾告曰一夜寒風滅燭邪氣襲人然窓扉户牖不動如故護怪之令壯士巡搜驛内前後果見一妾被魅死於後庭青草池邊護大

驚遂不少留即發車馬起程然不知妲已早被狐狸
所魅耳車馬行至朝歌先進表章紂覽罷宣妲己入
朝見其儀容妖豔花貌絶羣不勝歡忭曰此女足贖
前罪遂寵幸異常恣意淫樂略無忌憚或殺諫臣或
戮宮女或斮人脛或剖孕婦妲已日伴遊賞夜則露
其本相吸取死人精血其貌益妍一日紂宴羣臣於
瓊林苑忽見一狐隱於牡丹叢下紂急令飛廉射之
飛廉曰但放金籠鵰鳥足可逐之紂即令開籠放鵰

狐被爪破面遁匿沉香架後不見踪跡令武士掘而搜之但見一大土窟堆積骸骨無數狐不見矣紂宴罷入宮見妲己两腮俱破以花葉貼之乃問其故妲己笑曰早被白鶯兒抓破耳紂亦信之不知其在牡丹花下為鵰兒所搏也自是妲己之形夜夜出入宮庭宦官嬪御多有看見城中謡言不止司空商容切諫忤旨出為庶人後武王伐紂紂自焚而死妲己在摘星樓欲化形遠遁被殷郊拖住縛至太公帳前太

公臨場數罪命斬之行刑者悅其花貌不忍下手太公大怒斬行刑者凡三易皆然太公曰妲己乃妖狐也不現其形終足惑人乃以照魔鏡照之現其本形殷郊手起斧落斬為兩段

周文王得青狐

周文王拘羑里散宜生詣塗山得青狐以獻紂免西伯之難

漢廣川王戟傷白狐

漢廣川王好發塚發欒書塚其棺柩盟器悉毀爛無餘唯有一白狐見人驚走左右逐之不得戟傷其足是夕王夢一丈夫鬚眉盡白來謂王曰何故傷吾左足以杖叩王左足王覺腫痛因生瘡至死不瘥

郅伯夷殺狐

汝南汝陽西門亭有鬼魅賓客宿止有死亡其厲厭者皆亡髮失精北部督郵西平郅伯夷年三十所大有才決長沙太守郅君章孫也日晡時到亭勅前導

入錄事掾白令尚早可至前亭曰欲作文書便留吏
卒惶怖言當解去傳云督郵欲於樓上觀望亟掃除
須臾便上未冥樓鐙階下復有火勑我思道不可見
火滅去吏知必有變當用赴照但藏置壺中耳既冥
整服坐誦六甲孝經易本訖卧有頃更轉東首以拏
巾結兩足幘冠之密拔劍解帶夜半時有正黑者四
五尺稍高走至柱屋因覆伯夷持被掩足跣脱幾失
再三徐以劍帶擊魅腳呼下火上照視老狐正赤略

無衣毛持下燒殺明旦獲樓屋得所髡人髮百餘結因從此絕伯夷舉孝廉益陽長

靈孝呼阿紫

後漢建安中沛國郡陳羨爲西海都尉其部曲王靈孝無故逃去羨欲殺之居無何孝復逃走羨久不見囚其婦其婦實對羨曰是必魅將去當求之因將步騎數十領獵犬周旋於城外求索果見孝於空塚中聞人犬聲怪避羨使人扶以歸其形頗象狐矣畧不

復與人相應但啼呼索阿紫阿紫雌狐字也後十餘日乃稍〻了寤云狐始来時於屋曲角鷄棲間作好婦形自稱阿紫招我如此非一忽然便隨去即為妻暮輙與共還其家遇狗不覺云樂無比也

管輅擊狐

魏管輅常夜見一小物狀如獸手持火向口吹之將爇舍宇輅命門生舉刀奮擊斷腰視之狐也自此里中無火

樂廣殺狐

樂廣字彥輔惠帝時為河南尹官舍多妖怪前尹皆不敢處正堂廣居之不疑嘗外户自閉左右皆驚廣獨自若顧見墻有孔使人掘墻得狐狸殺之其怪遂絶

老狐帶絳繒香囊

晉習鑿齒為桓温主簿從温出獵時大雪於臨江城西見草雪下氣出覺有物射之應弦死往取之乃老

雄狐脚下帶絳繒香囊

華表照狐

張華為司空於時燕昭王墓前有一狐狸化為書生欲詣張公過問墓前華表曰以我才貌可得見司空耶華表曰子之妙解無為不可但張公制度恐難籠絡出必遇辱殆不得返非但喪子千年之質亦當深誤老表狐不從遂詣華見其容止風流雅重之於是論及文章聲實華未嘗勝次復商畧三史探貫百氏

包十聖洞三才華無不應聲屈滯乃歎曰明公當尊賢容衆嘉善矜不能柰何憎人學問墨子兼愛其若是耶言卒便退華已使人防門不得出既而又問華曰公門置兵甲闌錡當是疑僕也恐天下之人卷舌而不談智謀之士望門而不進深爲明公惜之華不荅而使人防禦甚嚴豐城人雷煥博物士也謂華曰聞魅鬼忌狗所別數百年物耳千年老精不復能別惟千年枯木照之則形見昭王墓前華表已當千年

使人伐之至聞華表言曰老狐不自知果誤我事於華表穴中得青衣小兒長二尺餘使還未至洛陽而變成枯木遂燃以照之書生乃是一狐狸茂先歎曰此二物不值我千年不復可得

狐字伯裘

酒泉郡每太守到官無幾輒死後有渤海陳斐見授此郡憂愁不樂將行卜吉凶日者曰遠諸侯放伯裘能解此則無憂斐不解此語卜者曰君去自當解之

斐既到官侍醫有張侯直醫有王侯卒有史侯董侯斐心悟曰此謂諸侯迺遠之即臥思放伯裘之義不知何謂夜半後有物來斐被上便以被冒取之物跳踉匐匐作聲外人聞持火入欲殺之鬼乃言曰我實無惡意但府君能赦我當深報君耳斐曰汝為何物而忽干犯太守魅曰我千歲狐也今字伯裘有年矣府君有急難若呼我字當自解斐乃喜曰真放伯裘之義也即便放之忽然有光赤如電從戶出明日夜

有擊户者斐曰誰曰伯裘也曰来何為曰白事壯界有賊也斐驗之果然每事先以語斐無毫髮之差而咸曰聖府君月餘主簿李音私通斐侍婢既而懼為伯裘所白遂與諸侯謀殺斐伺傍無人便使諸侯入格殺之斐惶怖大呼伯裘救我即有物如曳一疋絳劃然作聲音侯伏地失魂迺縛取考訊之皆服云斐未到官音已懇失禮與諸侯謀殺斐會諸侯見斥事不成斐即殺音等伯裘乃謝曰未及白音奸情迺為

府君所台雖劾黴力猶用慚惶後月餘與斐辭曰今後當上天不得復與府君相往来也遂去不見

狐截孫巖髮

後魏有挽歌者孫巖取妻三季妻不脫衣而卧巖私怪之伺其睡陰解其衣有尾長三尺似狐尾巖懼而出之甫去将刀截巖髮而走鄰人逐之變為一狐追之不得其後京邑被截髮者一百三十人初變為婦人衣服浄粧行於道路人見而悦之近者被截髮當

時婦人着緑衣者人指爲狐魅

狐當門嘷呌

夏侯藻母病困將詣淳于智卜有一狐當門向之嘷呌藻愕懼遂馳詣智、曰禍甚急君速歸在嘷處拊心啼哭令家人驚怪大小畢出一人不出啼哭勿休然其禍僅可救也藻如之母亦扶病而出家人既集堂屋五間拉然而崩

胡道洽死不見屍

胡道洽自云廣陵人好音樂醫術之事體有臊氣恒以名香自防惟忌猛犬自審死日戒弟子曰氣絕便殯勿令狗見我屍也死於山陽斂畢覺棺空即開看不見屍體皆人以為狐也

武平狐媚

北齊後主武平中朔州府門無故有小兒脚跡及擁土為城雉之狀察之乃狐媚是歲安南起兵於北朔

宋大賢殺狐

隋南陽西郊有一亭人不可止〻則有禍邑人宋大賢以正道自處嘗宿亭樓夜坐鼓琴忽有鬼来登梯與大賢語矃目磋齒形貌可惡大賢鼓琴如故鬼乃去於市中取死人頭来還語大賢曰寧可少矃耶因以死人頭投大賢前大賢曰甚佳吾暮卧無枕正欲得此鬼復去良久乃還曰寧可共手搏耶大賢曰善語未竟在前大賢便逆捉其腰鬼但急言死大賢遂殺之明日視之乃老狐也自是亭舍更無妖怪

崔參軍治狐

唐太宗以美人賜趙國公長孫無忌有殊寵忽遇狐媚其狐自稱王八身長八尺餘恒在美人所美人見無忌輙持長刀斫刺太宗聞其事詔諸術士前後數四不能卻後術者言相州崔參軍能愈此疾始崔在州恒謂其僚云詔書見召不日當至數日勑至崔便上道王八泣謂美人曰崔參軍不久將至為之柰何其發後止宿之處輙具以白及崔將達京師狐便遁

去既至勅詣無忌家時太宗亦幸其第崔設案几坐書一符太宗與無忌俱在其後須之宅内井竈門廁十二辰等數十輩或長或短狀貌奇怪悉至庭下崔問曰諸君等為貴官家神職任不小何故令媚狐入宅神等前白云是天狐力不能制非受賂也崔令提狐去少頃復來各着刀箭云適已苦戰被傷終不可得言畢散去崔又書飛一符天地忽爾昏暝帝及無忌懼而入室俄聞虛空有兵馬聲須臾見五人各長

數丈來詣崔所行列致敬崔延下階小屈膝尋呼帝及無忌出拜庭中諸神立視而已崔云相公家有媚狐敢煩執事取之諸神敬諾遂各散去帝問何神崔云五岳神也又聞兵馬聲延纏一狐墜砌下無忌不勝憤恚遂以長劍斫之狐初不驚崔云此已神通擊之無益自取困耳乃判云肆行姦私神道所殛量決五下狐便乞命崔取東引桃枝決之血流滿地無忌不以為快但恨杖少崔云五下是人間五百殊非小

刑為天曹役使此輩殺之不可使勑自爾不復至相公家狐迺飛去美人疾遂愈

狐神

唐初已来百姓多事狐神房中祭祀以乞恩食飲與人同之事者非一主當時有諺曰無狐魅不成村

野狐戲張簡

唐國子監助教張簡河南緱氏人也曾為鄉學講文選有野狐假簡形講一紙書而去須臾簡至弟子怪

問之簡異曰前来講者必野狐也講罷歸舍見妹坐絡絲謂簡曰適煮菜冷兄来何遲簡坐久待不至乃責其妹〻曰元不見兄来此必野狐也更見即殺之明日又来見妹坐絡絲謂簡曰鬼適魅向舍後簡遂持棒見真妹從廁上出来遂擊之妹號呌曰是兒簡不信因擊殺之問絡絲者化為野狐而走

狐化為彌勒佛

唐永徽中太原有人自稱彌勒佛禮謁之者見其形

底於天久之漸小纔五六尺身如紅蓮花在葉中謂人曰汝等知佛有二身乎其大者爲正身禮敬傾邑僧服禮者博於內學歎曰正法之后始入像法像法之外尚有末法末法之法至於無法像法處乎其間者尚數千年矣釋迦教盡然後大刼始壞刼壞之後彌勒方去兜率下閻浮提今釋迦之教未虧不知彌勒何遽下降因是虔誠作禮如對彌勒之狀忽見足下是老狐幡花旌蓋悉是塚墓之間紙錢耳禮撫掌

曰彌勒如此耶具言如狀遂下走足之不及

上官翼毒狐

唐麟德時上官翼為絳州司馬有子年二十許嘗曉日獨立門外有女子年可十三四姿容絕代行過門前此子悅之便爾戲調即求歡狎因問其所止將欲過之女云我門戶雖難郎州佐之子兩相形迹不願人知但能有心得方便自來相就此子邀之期朝夕女初固辭此子將欲便留之然後漸見許昏後從倚

候如期果至自是每夜常来經數日而舊使老婢於牖中窺之媪知是魅以告翼百方禁斷終不能制魅来轉數晝夜不去兒每将食魅必奪之盃椀此魅已飽兒不得食翼常手自作啖剖以貽兒至手魅已取去翼頗有智數因此密搗毒藥時秋晚油麻新熟翼令熬兩叠以一置毒藥先取好者作啖偏與妻子末媪與兒一啖魅便接去次以和藥者作啖與兒魅亦将去連與數啖忽變作老狐宛轉而仆擒獲之登令

燒毀訖合家歡慶此日昏後聞遠處有數人哭聲斯須漸近遂入堂後並皆稱寃號擗甚哀中有一叟哭聲每云苦痛老狐何迺為喉嚨枉殺性命數十日間朝夕来家往〻見有衣縗絰者翼深憂之後来漸稀經久方絶亦無害也

狐稱聖菩薩

唐則天在位有女人自稱聖菩薩人心所在女必知之太后召入宮前後所言皆驗宮中敬事之數月謂

為真菩薩其後大安和尚入宮太后問見女菩薩未
安曰菩薩何在頋一日之敕與之相見女菩薩一見
和尚風神邈然久之大安曰汝善觀心試觀我心安
在荅曰師心在塔頭相輪邊鈴中尋復問之曰在兜
率天彌勒宫中聽法第三問之在非、想天皆如其
言太后忻悅大安因且置心於四果阿羅漢地則不
能知大安呵曰我心始置阿羅漢之地汝已不知若
置於菩薩諸佛之地何由可料女詞屈變化牝狐下

階而走不知所適

狐出被中

唐垂拱初譙國公李崇義男項生染病其妻及女於側侍疾忽有一狐從項生被中走出倏失其所在數日項生亡

王義方使野狐

唐前御史王義方黜萊州司户參軍去官歸魏州以講授為業時鄉人郭無為頗有術教義方使野狐義

方雖能呼得之不伏使却被羣狐競来惱每擲尾氅以擊義方或正誦讀即裂碎其書聞空中有聲云有何神術而欲使我乎義方竟不能禁止無何而卒

何讓之得狐硃字文書

唐神龍中廬江何讓之赴洛遇上巳日將陟老君廟瞰洛中遊春冠蓋廟之東壯二百餘步有大丘三四時亦號後漢諸陵故張孟陽七哀詩云恭文遙相望原陵鬱膴膴原陵即光武陵一陵上獨有枯栢三四

枝其下磐石可容數十人坐見一翁姿貌有異常輩眉鬢皓然着寶幪巾襦袴幘烏紗袍縢南望吟曰野田荆棘春閨閣綺羅新出沒頭上日生死眼前人欲知我家在何處北邙松栢正為鄰俄有一貴戚金翠車輿女花之婢數十連袂笑樂而出徽安門抵榆林店又睇中橋之南北垂楊拂於天津繁花明於上苑紫禁綺陌軋亂香塵譲之方嘆棲遲獨行踽踽已訝前吟翁非人翁忽又吟曰洛陽女兒多無枀孤翁老

去何讓之遷欲前執翁倏然躍入丘中讓之從馬初
入丘矄黑不辨其逐翁已復本形矣遂見一狐跳出
尾有火焰如流星讓之却出玄堂之外門東有一筵
已空讓之見一几案上有硃盞筆硯之類有一帖文
書紙盡慘灰色文字則不可曉解畧記可辨者其一
云正色鴻壽神思化代穹施后承光負玄設嘔淪吐
垠倪散截迷腸郗曲𨛍音聯零音林乙反靂曀色入雀鍛龜氷
健馳御屈拿尾研動祩祩哲已留用祕功以嶺以穴

柂薪伐欒葬樾萬茁嘔律則祥佛倫惟薩牡虛無有
顛咽藥屑肇素未来晦明興滅其二辭云五行七曜
成此閏餘上帝降靈歲旦涒徐鮀蛻其皮吾亦神攄
九〻六〻束身天除何以充喉吐納太虛何以蔽踝
霞袂雲袈衣兩浮生節比荒墟吾復麗氣還形之初
在帝左右道濟忽諸題云應天狐超異科策八道後
文甚繁難以詳載讓之獲此書帖喜而懷之遂躍出
丘穴後數日水北同德寺僧志靜来訪讓之說云前

者所獲丘中文書非郎君所用留之不祥其人近捷
上界之科可以禍福中國郎君必能却歸此他亦酬
謝不薄其人謂志靜曰吾已備三百纏欲贖此書如
何讓之許諾志靜明日挈三百纏送讓之讓之領訖
遂詒僧言其書已為往還所借更一兩日當徵之便
可歸本讓之復為朋友所說云此僧亦是妖魅柰何
欲還之所納絹但諱之可也後志靜來讓之悉諱云
殊無此事兼不曾有文書志靜無言而退經月餘讓

之先有弟在東吳別已踰年一旦其弟至馬與讓之語家私中外甚有道長夜則兄弟聯床經五六日忽問讓之其聞此地多狐作怪誠有之乎讓之遂話其事而誇云吾一月前曾獲野狐之書文一帖今見存馬其弟固不信寧有是事讓之至遲旦揭篋取此文書帖示弟〻捧而驚歎即擲於讓之前化為一狐矣俄見一美少年若新官之狀跨白馬南馳疾去適有西域胡僧賀云善哉常在天帝左右矣少年歎讓之

相詒讓之嗟異未幾遂有敕捕內庫被人盜貢絹三百匹尋蹤至此俄有吏掩至直挐讓之囊檢焉果獲其縑已費數十匹執讓之赴法讓之不能雪卒死枯木

狐化為婢

唐沈東美為員外郎（太子詹事佺期之子）家有青衣死且數歲忽還冢曰吾死為神今憶主母故來相見但吾餓請一餐可乎因命之坐仍為具食青衣醉飽而去及暮

僮蕟草積下得一狐大醉須臾狐廼吐其食盡婢之食也廼殺之

狐化婆羅門

道士葉法善括蒼人有道術能符禁鬼神唐中宗甚重之開元初供奉在内位至金紫光祿大夫鴻臚卿時有名族得江外一宰將乘舟赴任於東門外親朋盛筵以待之宰令妻子與親故車先往胥溪水濱日暮宰至舟傍饌已陳設而妻子不至宰復至宅尋之

十二皇灵姑

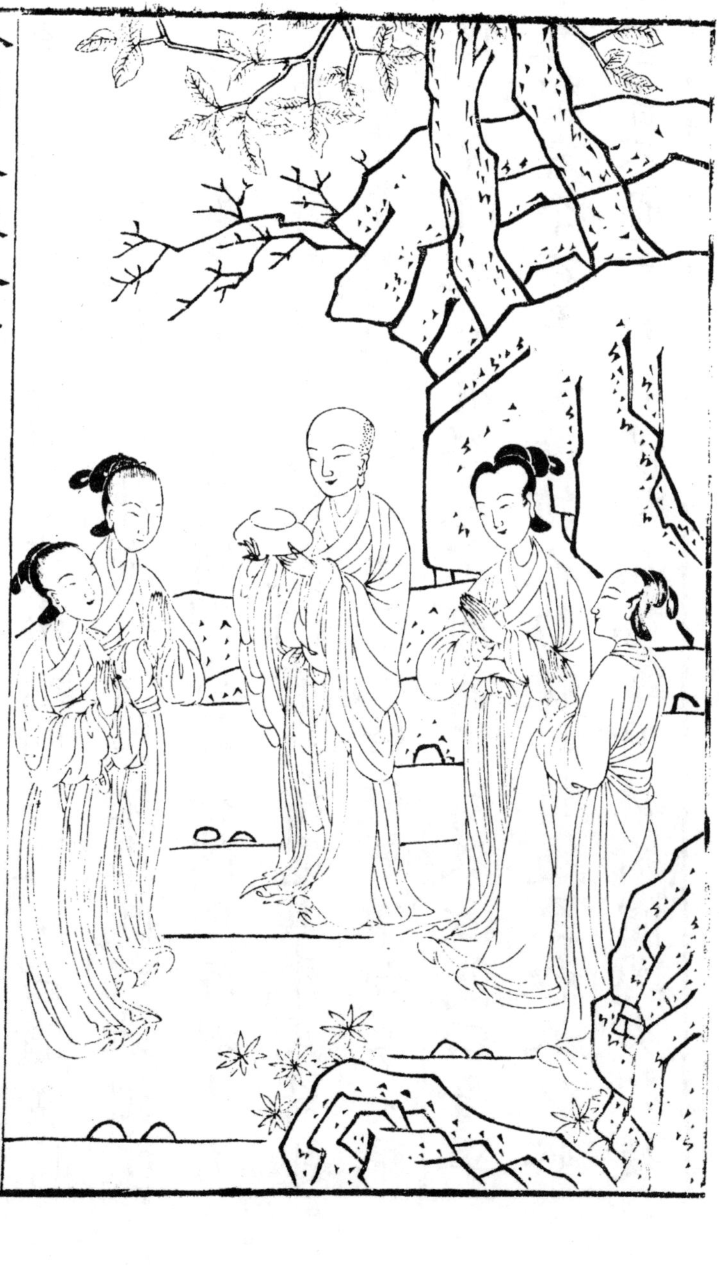

云去矣宰驚不知所以復出城問行人〻曰適食時見一婆羅門僧執幡花前導有數乘車隨之比出城門車内婦人皆下從婆羅門齊聲稱佛因而北去矣宰遂尋車跡至北郊墟墓門有大塚見其車馬皆憩其旁其妻與親表婦二十餘人皆從一僧合掌口稱佛名宰呼之皆有怒色宰前擒之婦人遂罵曰吾正遂聖者今在天堂汝何人乃敢此抑遏至於奴僕與言皆不應亦相與繞塚而行宰因執胡僧遂失於是

縳其妻及諸婦人皆諠𠮟至暮竟夕號呼不可與言宰遲明問於葉師：曰此天狐也能與天通斥之則已殺之不可然此狐齋時必至請與俱來宰曰諾葉師仍與之符令置所居門既置符妻及諸人皆寤謂宰曰吾昨見佛来領諸聖衆將我等至天堂其中樂不可言佛執花前導吾等方隨後作法事忽見汝至吾故罵不知廼是魅惑也齋時婆羅門果至叩門乞食妻及諸婦人聞僧聲爭走出門喧言佛又来矣宰

禁之不可執胡僧鞭之見血面縛舁之往葉師所道遇洛陽令僧大呌稱冤洛陽令反咎宰、具言其故仍請與俱見葉師洛陽令不信宰言强與之去漸至聖真觀僧神色慘沮不言及門即請命及入院葉師命解其縛猶胡僧也師曰速復汝形魅即哀請師曰不可魅遽棄袈裟於地即老狐也師命鞭之百還其袈裟復為婆羅門約令去千里之外胡僧頂禮而去出門遂亡

道士收狐

楊伯成唐開元初為京兆少尹一日有人詣門通云吳南鶴伯成見之年三十餘身長七尺容貌甚盛引之升座南鶴文辯無雙伯成接對不暇久之請屏左右欲有密語乃云聞君小娘子令淑頗事門下伯成甚愕謂南鶴曰女因媒而嫁且邂逅相識君何得便爾南鶴大怒呼伯成為老奴我索汝女何敢有逆慢辭伯成不知所以南鶴竟脫衣入內直至女所坐紙

隔子中久之與女隨而出女言今嫁吳家何因嗔責伯成知是狐魅令家人十餘輩擊之反被料理多遇泥塗兩耳者伯成以此請假二十餘日數問何以不見楊伯成皆言其家為狐惱詔令學葉道士術者十餘輩至其家悉被泥耳及縛無能屈狀伯成以為媿恥及賜告舉家還莊於莊上立吳郎院家人竊罵皆為料理以此無敢言者伯成暇日無事自於田中看人刈麥休息於樹下忽有道士形甚瘦悴來伯成所

求潠水伯成因爾設食〻畢道士問君何故憂愁伯
成懼南鶴附耳說其事道士笑曰身是天仙正奉帝
命追捉此等四五輩因求紙筆楊伯成使小奴取之
然猶懼其知覺戒令無喧紙筆至道士作三字狀如
古篆令小奴持至南鶴所放前云尊師喚汝奴持書
入房見南鶴方與家婢相謔奴以書授之南鶴匍匐
而行至樹下道士呵曰老野狐敢作人形遂變爲狐
異常病疥道士云天曹驅使此輩不可殺之然以君

故不可徒爾以小杖决之一百流血被地伯成以珍寶贈饋道士不受驅狐前行自後隨之行百餘步至柳林邊冉冉昇天久之遂滅伯成喜甚至於舉家稱慶其女睡食頃方起驚云本在城中隅子裏何得至此衆人方知為狐所魅精神如睡中云

狐竊美婦

唐開元中彭城劉甲者為河北一縣將之官途經山店夜宿人見甲婦美白云此有靈祇好偷美婦前後

至者多爲所取宜愼防之甲與家人相勵不寐圍繞其婦仍以麪粉塗婦身首至五更後甲喜曰鬼神所爲在夜中耳今天將曙其如我何廼假寐頃之失婦所在甲以資帛顧村人悉持棒尋麪而行初從窓孔中出漸過墻東有一古墳墳上有大桑樹下一小孔麪入其中因發掘之丈餘遇大樹坎如連屋老狐坐據玉案前兩行有美女十餘輩悉持聲樂皆前後所偷人家女子也旁有小狐數百頭悉殺之

欒巴斬狐

欒巴成都人也少而好道不脩俗事時太守躬詣巴請屈為功曹待以師友之禮巴到太守曰聞功曹有道可試見一奇乎巴曰唯即平坐却入壁中去冉冉如雲氣之狀須臾失巴所在後舉孝廉除郎中遷豫章太守廬山廟有神能於帳中共外人語飲酒空中投盃人往乞福能使江湖之中分風舉帆行船相逢巴至郡中便失神所在巴曰廟鬼詐為天官損百姓

日久罪當治之巴遂以事付功曹自行捕逐云若不時討恐其後遊行天下所在血食枉病良民責以重禱乃下所在推問山川社稷求鬼踪跡此鬼於是走至齊郡化爲書生善談五經太守以女妻之巴知其所在上表請解郡守往捕其鬼巴到詣太守曰聞君有賢壻頋見之鬼巴知巴来託病不出巴謂太守曰令壻非人也是老狐詐爲廟神今走至此故来取之太守召之不出巴曰出之甚易請太守筆硯奏案乃

作符〻成長嘯空中忽有人將符去亦不見人形一座皆驚符至書生向婦泣曰去必死矣須臾書生自齎符來至庭下見巴不敢前巴叱曰老狐何不復爾形應聲即變為狐狸扣頭乞活巴勑殺之皆見空中刀下狐狸頭墮地太守女已生一兒復化為狐狸亦殺之巴去還豫章守郡多鬼又多獨足鬼為百姓患巴到後更無此患妖邪一時滅矣

狐稱高侍郎

高侍郎

唐草場官張立本有女為妖物所魅其妖來時女即濃粧盛服於閨中如與人語笑其去即狂呼號泣不已久每自稱高侍郎一日忽吟詩云危冠廣袖楚宮粧獨步閒庭逐夜涼自把玉簪敲砌竹清歌一曲月如霜立本遥隨口抄之立本與僧法舟為友舟至其宅本出詩示之云其女少不曾讀書不知因何而能舟遥與立本两粒丹令其女服之不旬日而疾愈其女云宅後有竹叢與高鍇侍郎墓近其中有野狐窟

狐媚叢談卷二

李參軍娶狐

唐兗州李參軍拜職赴任途次新鄭逆旅遇老人讀漢書李因與交言便及身事老人問先婚阿誰李辭未婚老人曰君名家子當選姻好今聞陶貞益為彼州都督若逼以女妻君〻何以辭之陶李為姻深駭物聽僕雖庸叟竊為足下羞之今去此數里有蕭公是吏部璿之族門苐亦髙見有數女容色殊麗李聞

而悅之因求老人紹介於蕭氏其人便許之去久之方還言蕭公甚歡敬以待客李與僕御偕行既至蕭氏門館清肅甲第顯煥高槐脩竹蔓延連亘絕世之勝境初二黃門持金倚牀延坐少時蕭出着紫罽衫策鳩杖兩袍袴扶側雪鬚神鑒舉動可觀李望敬之再三陳謝蕭云老叟懸車之所久絕人事何期君子迂道見過敘畢尋薦珍膳海陸交錯多有未名之物食訖觴宴老人云李參軍向欲論親已蒙許諾蕭便

敘數十句語深有士風作書與縣官請卜人尅日須吏卜人至公卜吉正在此宵又作書與縣官借頭花敘媚薰手力等尋而皆至其夕亦有縣官作儐夾歡樂之事與世不殊至入青廬婦人又姝美李氏愈悅暨明蕭公乃言李郎赴任有期不可久住便遣女子隨去寶鈿犢車五乘奴婢人馬三十匹其他服玩不可勝數見者謂是王妃公主之流莫不健羨李至任積二年奉使入洛留婦在舍婢等並狐蠱治衒惑丈

夫往來者多經過焉異日參軍王顒曳狗將獵李氏
羣婢見狗甚駭咸入門顒素疑其妖媚是日心動遲
牽狗入其宅合家拘堂門不敢喘息狗亦掣攣號呼
李氏門婦言曰昨婢等憂為犬咋今見而懼王顒何
事牽犬入人家同僚一家獨不知為李參軍之弟乎
顒意是狐乃決意排窓放犬咋殺羣狐惟李妻身是
人而其尾不變狐嗟嘆久之時天寒乃埋一處經十
餘日蕭使君遂至入門號哭莫不驚駭既而詣閩開

訴言詞確實容服高貴陶甚敬待因收顒下獄顒固執是狐取前犬令咋時蕭陶對食犬在蕭邊引犬頭於膝上以手撫之然後與食犬無搏噬之意後數日李氏亦還號哭累日歘然發怒齧顒通身盡腫蕭謂李曰奴僕皆言死者悉是野狐何期冤抑如是當時即欲開瘞恐李郎被眩惑不見信今宜開視以明姦妄也命開視悉是人形李益悲慟貞益以顒罪重繫錮深刻顒私白云已令持十萬於東都取咲狐犬往

来可十餘日貞益又以公錢百千益之其犬竟至會一日蕭謁陶〻於正廳立待蕭入府顏色沮喪舉動惶擾有異於常俄而犬自外入蕭忽化作老狐下階趍走數步為犬所獲從者皆死貞益使驗死者悉是野狐顯遂獲免

狐與黃撅為妖

唐定州刺史鄭宏之解褐為尉〻之廨宅久無人居屋宇頹毀草蔓荒凉宏之至官薙草脩屋就居之吏

人固爭請宏之無入宏之曰行正直何懼妖鬼吾性禦妖終不可移居二日夜中宏之獨卧前堂〻下明火有貴人從百餘騎来至庭下怒曰何人敢唐突居此命牽下宏之不荅牽者至堂不可近宏之乃起貴人命一長人取宏之長人昇階循墻而走吹滅諸燈燈皆盡惟宏之前一燈存焉長人前欲滅之宏之杖劍擊長人流血灑地長人乃走貴人漸来逼宏之具衣冠請與同坐言談通宵情甚款洽宏之知其無備

援劍擊之貴人傷左右扶之遽云王令見損如何乃引去既而宏之命役徒百人尋其血至北垣下有小穴方寸血入其中宏之命掘之入地一丈得狐大小數十頭宏之盡執之穴下又掘丈餘得大窟有老狐裸而無毛據土牀坐諸狐侍之者十餘頭盡拘之老狐言曰無害予〻祐汝宏之命積薪堂下火作投諸狐盡焚之次及老狐〻乃搏頰請曰吾已千歲能與天通殺予不祥捨我何害宏之乃不殺鎖之庭槐初

夜有諸神鬼自稱山林川澤叢祠之神來謁之再拜言曰不知大王罹禍乃爾雖欲脫王而苦無計老狐頷之明夜又諸社鬼朝之亦如山神之言後夜有神自稱黃撅多將翼從至狐所言曰大兄何忽如此因以手攬鎖ゝ為之絕狐亦化為人相與去宏之走追之不及矣宏之以為黃撅之名乃狗號也此中誰有狗名黃撅者乎既曙乃召胥吏問之吏曰縣倉有狗老矣不知所至以其無尾故號為黃撅豈此犬為妖

乎宏之命取之既至鑊鬵將就烹犬人言曰吾實黃撅神也君勿害我〻常隨君〻有善惡皆預告君豈不美與宏之屛人與語乃什之犬化爲人與宏之言夜久方去宏之掌寇盜忽有刼賊數十人入界止逆旅黃撅神來告曰其處有刼將行盜擒之可遷官宏之掩之果得遂遷秩焉後宏之累任將遷神必預告至如陜郤常令迴避罔有不中宏之大獲其報宏之自寧州刺史改宣州神與宏之訣去以是人謂宏之

祿盡矣宏之至州兩歲風疾去官

羅公遠縛狐

唐汧陽令不得姓名在官忽云欲出家念誦懇至月餘有五色雲生其舍又見菩薩坐獅子上呼令歎嗟云發心弘大當得上果宜堅固自保無為退敗耳因爾飛去令因禪坐閉門不食六七日家以憂懼恐以堅持損壽會羅道士公遠自蜀之京途次隴上令子請問其故公遠笑曰此是天狐亦易耳因與書數符

當愈令子投符井中遂開門見父餓憊逼令吞符忽爾明晤不復論脩道事後數載罷官過家々素郊居平陸澶漫直千里令暇日倚杖出門遥見桑林下有貴人自南方来前後十餘騎状如王者令入門避之騎尋至門通云劉成謁令々甚驚愕初不甚相識何以見詣既見升堂坐謂令曰蒙賜婚姻敢不拜命初令在任有室女季十歲至是十六矣令曰未審相識何嘗有婚姻成云不許我婚姻事亦易耳以右手掣

口而立令宅須臾震動井廁交流百物飄蕩令不得已許之婚尅期翌日送禮成親成親後恒在宅禮甚豐厚資以饒益家人不之嫌也他日令子詣京求見公遠公遠曰此狐舊日無能令已善符籙吾所不能及柰何令子懇請公遠奏請行尋至所居於令宅外十餘步設壇成策杖至壇所罵老道士云汝何為往來靡所忌憚公遠設法成求與戰成坐令門公遠坐壇乃以物擊成成仆於地久之方起亦以物擊公遠

公遠亦仆如成馬如是往返數十公遠忽謂弟子云彼擊余殪爾宜大哭吾當以神法縛之及其擊也公遠仆地弟子大哭成喜不為之備公遠遂使神往擊之成大戰恐自言力竭變成老狐公遠既起以坐具撲狐重之以大袋乘驛還都玄宗視之以為歡咲公遠上白云此是天狐不可得殺宜流之東裔耳書符流於新羅狐持符飛去今新羅有劉成神人敬事之

狐戲焦煉師

唐開元中有焦煉師脩道聚徒甚多有黃裙婦
稱阿胡就焦學道術經三年盡焦之術而固辭
苦留之阿胡云已是野狐本來學術今無術可
不得留焦因以術拘留之胡隨事酬答焦不能乃
於嵩頂設壇啓告老君自言己雖不才然是道家一
弟妖狐所侮恐大道將隳言意懇切壇四角忽有香
烟出俄成紫雲高數十丈雲中有老君見立因禮拜
陳云正法已為妖狐所學當更求法以除之老君乃

於雲中作法有神王於雲中以刀斷狐腰焦大歡慶老君忽從雲中下變作黃裙婦人而去

狐居竹中

唐吏部侍郎李元恭其外孫女崔氏容色姝麗年十五六忽得魅疾久之狐遂見形為少年自稱胡郎累求術士不能去元恭子博學多智常問胡郎亦學否狐乃談論無所不至多質疑於狐頗狎樂久之謂崔氏曰人生不可不學乃引一老人授崔經史前後三

載頗通諸家大義又引一人教之書涉一載又以書
善稱又云婦人何不會音聲箜篌琵琶此固凡樂不
如學琴復引一人至云善彈琴言姓胡是隋時陽翟
縣博士悉教諸曲備盡其妙及他名曲不可勝紀自
云亦善廣陵散比屢見嵇中散不使授人其於烏夜
啼尤善傳其妙李後問胡郎何以不迎婦歸家狐甚
喜便拜謝云亦久懷之所不敢者以人微故爾是日
遍拜家人歡躍備至李問胡郎欲迓女子宅在何所

狐云其舍門前有二大竹時李氏家有竹園李因尋行所見二大竹間有一小孔意是狐窟引水灌之被得狐雛及他狐數十頭最後有一老狐衣緑衫從孔中出是其素所着衫也家人喜云胡郎出矣殺之其怪遂絶

小狐破大狐婚

唐開元中有李氏者早孤歸於舅氏年十二有狐媚之其狐雖不見形言語酬酢甚備累月後其狐往

来聲音少異家人笑曰此又別一野狐矣狐亦笑云
汝何由得知前来者是十四兄已是弟頃者我欲取
韋家女造一紅羅半臂家兄無理盜去令我親事不
遂恒欲報之今故来此李氏因相辭謝求其禳理狐
云明日是十四兄王相之日必當来此大相惱亂可
令女搯無名指第一節以禳之言訖便去大狐至女
方食女佯小狐言搯指節大狐以藥顆如菩提子大
六七枚擲女飯椀中累擲不中驚嘆甚至言云會當

入嵩岳學道始得耳座中有老婦持其藥者懼復棄之人問其故曰野狐媚我狐慢罵云何物老嫗寧有人用此輩狐去之後小狐復来曰事理如何言有驗否家人皆辭謝小狐曰後十餘日家兄當復来宜慎之此人與天曹已通符禁之術無可柰何唯我能制之待欲至時當復至此將至其日小狐又来以藥裹如松花授女曰我兄明日必至明早可以車騎載女出東壯行有騎相追者宜以藥布車後則免其横李

氏候明日如小狐言載女行五六里甲騎追者甚衆且欲至乃布藥追者見藥止不敢前是暮小狐又至咲云得吾力否再有一法當得永免我亦不復來矣李氏再拜固求狐廼令取東引桃枝以朱書枝上作齊州縣鄉里胡綽胡邈以符安大門及中門外釘之必當永無怪矣狐遂不至其女尚小未及適人後數載竟失之也

焚鵲巢斷狐

唐開元中有詣韋明府自稱崔參軍求娶韋氏驚愕知是妖媚然猶以禮遣之其狐尋至後房自稱女婿女便悲泣昏狂妄語韋氏屢延術士狐益慢言不能郤也聞峨嵋有道士能治邪魅求出為蜀令冀因其伎以禳之既至道士為立壇治之少時狐至壇取道士懸大樹上縛之韋氏來院中問尊師何以在此胡云敢行禁術適聊縛之韋氏自爾甘奉其女無復覬望家人謂曰若為女婿可下錢二千貫為聘崔令於

堂簷下布席修貫穿錢々從簷上下羣婢穿之正得二千貫久之乃許婚令韋請假送禮兼會諸親及至車騎輝赫儐從風流三十餘人至韋氏送雜綵五十匹紅羅五十匹他物稱是韋乃與女經一秊其子有病父母令問崔郎答云八姊房小妹今頗成人姊父令事高門其所以病者小妹入室故也母極罵云死野狐魅你公然魅我一女不足更惱我兒吾夫婦暮秊雖仰此子與汝野狐爲壻絕吾繼嗣耶崔無言但

歡咲父母日夕拜請詒云爾若能愈兒疾女實不敢復論久之迺云疾愈易得但恐負心耳母頗爲設盟誓畢日崔乃懷出一文字令母效書及取鵲巢於兒房前燒之兼持鵲頭自衛當得免疾韋氏行其術數日子愈女亦效爲之雄狐亦去罵云丈母果爾負約知復何言遂去之後五日韋氏臨軒坐忽聞庭前臭不可柰仍有旋風自空而下崔胡在馬衣服破獘流血淋漓謂韋曰君夫人不義作事太彰天曹知此事

杖我幾死今長流沙磧不復来矣韋極聲呵之曰窮老魅何不速行敢此逗遛耶胡云獨不念我錢物恩耶我坐偷用天府中錢今無可還受此荼毒君何無情至此韋深感其言數致辭謝徘徊復為旋風而去

狐化佛戲僧

唐洛陽思恭里有唐參軍者立性脩整簡於接對有趙門福及康三者投刺謁唐未出見之間其来意門福曰止求點心飯耳唐使門人辭云不在二人徑入

至唐所門福曰唐都官何云不在惜一餐耳唐辭以門者不報引出外廳令家人供食私誡奴令寘劍盤中至則刺之奴至唐引劍刺門福不中次擊康三中之〻猶躍入庭前池中門福罵云彼我雖是狐我已千年千年之狐姓趙姓張五百年狐姓白姓康奈何無道殺我康三必當修報於汝終不令康氏徒死也唐氏深謝之令召康三門福至池所呼康三輒應曰唯然求之不可得但余声存門福既去唐氏以桃湯沃

靈門户及懸符禁自爾不至謂其施行有驗久之園中櫻桃熟唐氏夫妻暇日檢行忽見門福在櫻桃樹上採櫻桃食之唐氏驚曰趙門福汝敢復來耶門福笑曰君以桃物見欺今聊復採食君亦食之否乃頻擲數顆以授唐〻氏愈恐乃廣召僧結壇持呪門福遂逾日不至其僧持誦甚切冀其有効以為己功後一日晚齋之後僧出楹前忽見五色雲自西来逕至唐氏堂中有一佛容色端嚴謂僧曰汝為唐氏却野

狐邪僧稽首唐氏長幼虔禮甚至喜見真佛拜請降止久之方下坐其壇上奉事甚勤佛謂僧曰汝修道通達亦何須久蔬食而爲法能食肉乎但問心能堅持否肉雖食之可復無累乃令唐氏市肉佛自設食次以授僧及家人悉食々畢忽見壇上是趙門福舉家歎恨爲其所誤門福笑曰無勞厭我々不来矣自爾不至也

狐知死日

唐林景玄者京兆人僑居鴈門以騎射畋獵爲己任郡守悅其能因募爲衙門將嘗與其徒十數輩馳健馬執弓矢兵杖臂鷹牽犬俱騁於田野間得麋鹿狐兎甚多由是郡守縱其所往不使親吏事嘗一日畋於郡城之高岡忽起一兎榛莽中景玄鞭馬逐之僅十里餘兎匿一墓穴景玄下馬即命二吏守穴傍自解鞍而憩忽聞墓中有語者曰吾命土也尅土者木日次於乙辰居卯二木俱王吾其死乎已而咨嗟者

久之又曰有自東而來者吾將不免景玄聞其語且異之因視穴中見一翁素衣鬚白而長手執一軸書前有死烏鵲甚多景玄即問之其人驚曰果然禍我者且至矣即詬罵景玄默而計之曰此穴甚小而翁居其中豈非鬼乎不然是盜而匿此即毀其穴翁遂化為老狐帖然伏地景玄因射之而斃視其所執之書點畫甚異似梵書而非梵字用素縑為幅僅數十尺景玄焚之

狐向臺告縣令

唐開元中東光縣令謝混之以嚴酷強暴爲政河南著稱混之嘗大獵於縣東殺狐狼甚衆其季冬有二人詣臺訟混之殺其父兄兼他贓物狼籍中書令張九齡令御史張曉往按之兼鏁繫告事者同往曉素與混之相善先疏其狀令自料理混之遍問里正皆云不識有此人混之以爲詐已各依狀明其妄以待辨曉將至滄州先牒繫混之於獄混之令吏人鋪設

使院候曉有里正從寺門前過門外金剛有木室扃護甚固聞金剛下有人語聲其扃以鎖非人所入里正因逼前聽之聞其祝云縣令無狀殺我父兄今我二弟詣臺所訴冤使人將至頓大神庇廕令得理有須見孝子從隙中出里正意其非人前行尋之其人見里正惶懼入寺至廁後失所在歸以告混之混之驚愕久之廼曰吾春首大殺狐狼得無是耶及曉至引訟者出縣人不之識訟者言詞忿爭理無所屈混

之未知其故有識者勸令求獵犬獵犬至見訟者且前搏逐徑跳上屋化為二狐而去

葉靜能治狐

唐吳郡王苞者少事道士葉靜能中罷為太學生數歲在學有婦人寓宿苞與結驩情好甚篤靜能在京苞往省之靜能謂曰汝身何得有野狐氣固荅云無能曰有也苞因言得婦始末能曰正是此老野狐臨別書一符與苞令含誡之曰至舍可吐其口當自來

此爲汝遣之無憂也言已還至舍如靜能言婦人變爲老狐御符而走至靜能所拜謝靜能云放汝一生命不宜更至於王家自此遂絶

田氏老竪錯認婦人爲狐

唐牛肅有從舅常過澠池因至西北三十里謁田氏子去田氏莊十餘里經岌險多櫟林傳云中有魅狐往來者皆結侶乃敢過舅既至田氏子命老竪往澠池市酒饌天未明竪行日暮不至田氏子恠之及至

豎一足又跛問何故豎曰適至櫟林爲一魅狐所絆因蹶而仆故傷焉問何以見魅豎曰適下坡時狐變爲婦人遽來追我我驚且走狐又疾行遂爲所及因倒且損吾恐魅之爲怪强起擊之婦人口但哀祈反謂我爲狐屬云叩頭野狐叩頭野狐吾以其不自知因與痛手故免其禍田氏子曰汝無擊人妄謂狐耶豎曰雖苦擊之終不改婦人狀耳田氏子曰汝必誤損他人且入戶曰入見婦人體傷蓬首過門而求飲

謂田氏子曰吾適過櫟林逢一老狐變為人吾不知是狐前趂為伴同過櫟林不知老狐却傷我如此賴老狐去餘命得全妾非村人也渴故求飲田氏子恐其見老豎也與之飲而遣之

徐安妻騎故籠而飛

徐安者下邳人也好以漁獵為事安妻王氏貌甚美人頗知之開元五年秋安遊海州王氏獨居下邳忽一日有一少年狀甚偉顧王氏曰可惜芳豔虚度

生王氏聞而悦之遂與結好而来去無憚安既還妻
見之恩義殊隔安頗訝之其妻至日將夕即飾妝靜
處至二更乃失所在迨曉方回亦不見其出入之處
他日安潛伺之其妻乃騎故籠從窻而出至曉復返
是夕閉婦於他室乃詐為女子妝飾袖短劍騎故籠
以待之至二更忽從窻而出徑入一山嶺迤至會所
帷幄華煥酒饌羅列座有三少年安未下三少年曰
王氏來何早乎安乃奮劍擊之三少年死於座安復

騎故籠即不復飛矣俟曉而返視夜來所殺三少年皆老狐也安到舍其妻是夕不復妝飾矣

狐截人髮

霍邑古吕州也城池甚固縣令宅東北有城面各百步其高三丈厚七八尺名曰囚周厲王城則左傳所稱萬人不忍流王於彘城即霍邑也王崩因葬城之北城既久遠則有魅狐居之或官吏家或百姓子女姿色者夜中狐斷其髮有如刀截唐時邑人靳守貞

者齋醫符呪為縣送徒至趙城還至歸金狗阜傍汾河山名去縣五里見汾河西岸水濱有女紅裳浣衣水次守貞目之女子忽爾乘空過河遂緣嶺躡空至守貞所以手攀其笠足蹈其帶將取其髮焉守貞送徒手猶持斧因擊女子墜從而斫之女子死則為雌狐守貞以狐至縣具列其由縣令不之信守貞歸遂每夜有老父及嫗繞其居哭從索其女守貞不𢡊月餘老父及嫗罵而去曰無狀殺我女吾猶有三女終當困汝於

是絶而截髪亦亡

赤肉野狐

唐洛陽尉嚴諫從姊亡諫往吊之後十餘日家人悉去服諫召家人問荅云亡者不許因述其言語處置狀有如平生諫疑是野狐恒欲料理後至姊舍靈便逆怒約束子弟勿更令少府姪來無益人家事只解相疑耳亦謂諫曰五郎公事似忙不宜數來也諫後忽將蒼鷹雙鶻皂鵰獵犬數十事與他手力百餘人

悉持器械圍繞其宅數重遂入靈堂忽見一赤肉野狐仰行屋上射擊不能中尋而開門躍出不復見自爾怪絶

韋參軍治狐

唐潤州參軍幼有隱德雖兄弟不能知也韋常謂其不慧輕之後忽謂兄曰財帛當以道不可力求諸兄甚奇其言問汝何長進如此對曰今昆明池中大有珍寶可共取之諸兄乃與偕行至池所以手酌水水

慸枯涸見金寶甚多謂兄曰可取之兄等愈入愈深竟不能得乃云此可見而不可得致者有定分也諸兄嗟美之問曰素不出何以得妙法咲而不言久之曰明年當得一官無慮貧乏之及選拜潤州書佐遂東之任途經開封縣開封縣令者其母患狐媚前後術士不能療有道士者善見鬼謂令曰令比見諸隊仗有異人入境若得此人太夫人疾苦自愈令遣候之後數日白云至此縣逆旅宜自謁見令往見韋具申

禮請笑曰此道士為君言耶然以太夫人故屈身於人亦可憫矣幸與君遇其疾必愈明日自縣橋至宅可少止人令百姓見之我當至彼為發遣且宜還家灑掃焚香相待令皆如言明日至舍見太夫人問以疾苦以柳枝灑水於身上須臾有老白野狐自牀而下徐行至縣橋然後不見令有贈遺韋皆不受至官一季謂其妻曰後月我當死死後君嫁此州判司當生三子皆如其言

楊氏二女嫁狐

唐有楊氏者二女并嫁胡家小胡郎爲主母所惜大胡郎謂其娌曰小胡郎乃野狐爾丈母乃不惜我反惜野狐娌還白母問何以知之答云宜取鵲頭懸户上小胡郎若来令妻呼伊祈熟肉再三言之必當走也楊氏如言小胡郎果走故今相傳云伊祈熟肉辟狐魅甚驗也

狐變爲娼

私通有娠經季其兄還菩薩不欲見男子令母逐之兄不得至因傾財求道士久之有道士為作法竊視菩薩是一老狐乃持刀入斫殺之

村民斷狐尾

唐祈縣有村民因輦地征蒭粟至太原府及歸途中日暮有一白衣婦人立路傍謂村民曰妾今日都城而来困且甚願寄載車中可乎村民許之乃升車行未三四里因脂轄忽見一狐尾在車之隙中垂於車

轅下村民即以鐮斷之其婦人化爲無尾狐鳴嘷而去

張例殺狐

唐始豐令張例疾患魅時有發動家人不能制也恒舒右臂上作咒云狐娘健子其子密持錢杵候例疾發即自後撞之墜一老牝狐焚於四通之衢自爾便愈也

狐贈紙衣

唐馮玠者患狐魅疾其父後得術士療玠疾魅忽啼泣謂玠曰本圖共終今為術者所迫不復得在流淚經日方贈玠衣一襲云善保愛之聊為久念耳玠初得懼家人見悉卷書中疾愈入京應舉未得開視及第後方還開之乃是紙焉

狐偷潹背金花鏡

唐賀蘭進明為狐所婚每到時節狐新婦恒至京宅名起居兼持賀遺及問信家人或有見者狀貌甚美

至五月五日自進明已下至其僕隷皆有續命符家人以為不祥多焚其物狐悲泣云此並真物柰何焚之其後所得遂以充用後家人有就求漆背金花鏡者狐入人家偷鏡挂項緣墻而行為主人家擊殺自爾怪絕

狐變小兒

唐崔昌在東京莊讀書有小兒顏色殊異來止庭中久之漸升階坐昌牀頭昌不之顧乃以手卷昌書昌

徐問汝何人斯来何所欲小兒云本好讀書慕君學問爾昌不之却常問文義甚有理經數月日暮忽扶一老人垂醉至昌所小兒暫出老人醉吐人之爪髮等昌甚惡之昌素有所持利劍因斬斷頭成一老狐頃之小兒至大怒云君何故無状殺我家長我豈不能殺君但以舊恩故爾大駡出門自爾乃絶

狐劉子

唐坊州中部縣令長孫甲者其家篤信佛道異日齋

次擧家見文殊菩薩乘五色雲從日邊下須臾至齋所簷際凝然不動合家禮敬懇至久之乃下其家前後供養數十日唯其子心疑之入京求道士為設禁遂擊殺狐令家奉馬一匹錢五十千後數十日復有菩薩乘雲来至家人敬禮如故其子復延道士禁呪如前盡十餘日菩薩問道士法術如何答曰已盡菩薩云當决一頓因問道士汝讀道經知有狐剛子否答云知之菩薩云狐剛子者即我是也我得仙来已

三萬歲汝為道士當脩清淨何事殺生且戕子孫為汝所殺寧宜活汝耶因杖道士一百謂令曰子孫無状至相勞擾慚愧何言當令君永無災横以此相報顧謂道士可即還他馬及錢也言訖飛去

取睢陽野狐犬

唐睢陽郡宋王塚傍有老狐每至衙日邑中之狗悉往朝之狐坐塚上狗列其下東都王老有雙犬能咋魅前後殺魅甚多宋人相率以財顧犬咋狐王老牽

犬往犬乃徑詣諸犬之下伏而不動大失衆人之望
今世有不了其事者相戲云取雎陽野狐犬

狐吐媚珠

唐劉全白説云其乳母子衆愛少時好夜中將網斷
道取野猪及狐狸等全白莊在岐下後一夕衆愛於
莊西下網已伏網中以伺其至暗中聞物行聲覘一
物伏地窺網因爾起立變成緋裙婦人行而違網至
愛前車側忽捉一鼠食愛連呵之婦人忙遽入網乃

棒之致斃而人形不改愛反疑懼恐或是人因和網沒漚麻池中夜還與父母議及明舉家欲潛遁去愛云寧有婦人食生鼠此必狐耳復往麻池視之見婦人已活因以大斧自腰後斫之便成老狐愛大喜將還村中有老僧見狐未死勸令養之云狐口中媚珠若能得之當為天下所愛以繩縛狐四足又以大籠罩其上養數日狐能食僧用小瓶口窄者埋地中令口與地齊以兩截豬肉炙於瓶中狐愛炙而不能得

但以口爾瓶候炙冷復下兩臠狐涎沫久之炙與瓶滿狐涎吐珠而死狀如棊子通圓而潔愛每帶之大爲人所貴

狐授甑生口訣

唐道士孫甑生本以養鷹爲業後因放鷹入一窟見狐數十枚讀書有一老狐當中坐迭以傳授甑生直入奪得其書而還明日有十餘人持金帛詣門求贖甑生不與人云君得此亦不能解用之若寫一本見

還當以口訣盡授甑生竟傳其法為世術士狐初與甑生約不得示人若違者必當非命天寶末玄宗固執求之甑生不與竟而伏法

王黯為狐壻

王黯者結婚崔氏唐天寶中妻父士同為沔州刺史黯隨至江夏為狐所媚不欲渡江鼓狂大叫恒欲赴水妻屬惶懼縛黯著床檻上舟行半江忽爾欣笑至岸大喜曰本謂諸女郎輩不隨過江今在州城上復

何處也士同莅官便求術士左右言州人能射狐者士同延至令入堂中悉施牀席寘甖於屋西北隅家人數十持更迭守已於堂外别施一牀持弓矢以候狐至三夕忽云諸人得飽睡我已中狐明當取之衆以為狂而未之信及明見窻中有血衆隨血去入大坑中草下見一牝狐垂死甖妻燒狐為灰服之至盡自爾得平復後為原武縣丞在廳事忽見老狐奴婢詣甖再拜云是大家阿嬭往者娘子枉為崔家殺害

翁婆追念未嘗離口今欲將小女更與王郎續親故令中意兼取吉日成納黷甚懼辭以厚利萬計料理遽出羅錦十餘匹於通衢焚之老奴乃謂其婦云天下美丈夫亦復何數安用王家老翁為女壻言訖不見

垣縣老狐

唐寧王傳袁嘉祚年五十應制授垣縣丞門素凶為者盡死嘉祚到官而丞宅數任無人居屋宇摧殘

荆棘充塞嘉祚剪其荆棘理其墻垣坐廳事中邑老吏人皆懼勸出不可既而魅夜中為怪嘉祚不動伺其所入明日掘之得狐〻老矣兼子孫數十頭嘉祚盡烹之次至老狐〻乃言曰吾神能通天預知休咎願置我〻能益於人令此宅已安捨我何害嘉祚前與之言備告其官秩又曰願為耳目長在左右迺免狐後祚如言秩滿果遷數年至御史狐乃去

玄狐

唐李林甫方居相位嘗退朝坐於堂之前軒見一玄狐其質甚大若牛馬而毛色黯黑有光自堂中出馳至庭顧望左右林甫命弧矢將射之未及已亡見矣自是凡數日每晝坐輒有一玄狐出焉其歲林甫籍沒

狐媚叢談卷三

狐死見形

東平尉李麐初得官自東京之任夜投故城店中有故人賣胡餅爲業其妻姓鄭有美色李目而悅之因宿其舍留連數日乃以十五千轉索鄭婦旣到東平寵遇甚至性婉約多媚黠風流女工之事罔不心了於音聲特究其玅在東京三歲有子一人其後李充祖綱入京與鄭同還至故城大會鄉里飲宴十餘日

李催叕數四鄭固稱疾不起李亦憐而從之又十餘日不獲已事理須去行至郭門忽言腹痛下馬便走勢疾如風李與其僕數人極騁追不能及便入故城轉入易水村足力少息李不能捨復逐之垂及因入小穴極聲呼之寂無所應戀結悽愴言發淚下會日暮村人為草塞穴口還店止宿及明又往呼之無所見唯以火燻久之村人為掘深數丈見牝狐死穴中衣服脫卸如蛻腳上着錦襪李歎息良久方埋之歸

店取獵犬噬其子、畧不驚怕便將入都寄親人家養之輸納畢復還東京婚於蕭氏蕭氏常呼李為野狐壻李初無以荅一日晚李與蕭氏携手歸房狎戲復言其事忽聞堂前有人聲李問阿誰夜来荅曰君豈不識鄭四娘耶李素所鍾念者一聞其言遽欣然躍起問鬼手人乎荅云身是鬼也欲近之而不能四娘因謂李人神道殊賢夫人何至數相謾罵且所生之子遠寄人家其人皆言狐生不給衣食豈不念乎

宜早為撫育九泉無恨也若夫人復云云相悔又小兒不收必將為君之患言畢不見蕭遂不復敢言其事唐天寶末子年十餘甚無恙

白狐擣練石

唐丞相李揆乾元初為中書舍人嘗一日退朝歸見一白狐在庭中擣練石上命侍僮逐之已亡見矣時有客於揆門者因話其事客曰此祥符也其敢賀至明日果遷禮部侍郎

狐戴髑髏變為婦人

晉州長寧縣有沙門晏通脩頭陀法將夜則必就藂林亂冢寓宿焉雖風雨露雪其操不易雖魑魅魍魎其心不搖月夜棲於道邉積骸之左忽有妖狐踉蹌而至初不疑晏通在樹影也乃取髑髏安於其首遂搖動之儻振落者即不再顧因別選焉不四五遂得其一岌然而綴乃褰擷木葉草花障蔽形體隨其顧眄即一衣服須臾化作婦人綽約而去乃於道右以

伺行人餓有促馬南来者妖狐遥聞則慟哭於路過者駐騎問之遂對曰我歌人也隨夫入奏令曉夫爲盜殺掠去其財伶俜孤遠思顧北歸無由致脫儻能收採當誓微軀以執婢役過者易定軍人也即下馬熟視悦其都冶詞意叮嚀便以後乘挈行焉晏通遽出謂曰此妖狐也君何容易因以錫杖叩狐腦髑髏應手即墜遂復形而竄焉

狐稱任氏

任氏女妖也唐有韋使君者名崟第九信安王李禕之外孫少落拓好飲酒其從父妹壻曰鄭六不記其名早習武藝亦好酒色貧無家託身於妻族與崟相得游處不閒天寶九年六月崟與鄭子偕行於長安陌中將會飲於新昌里至宣平之南鄭子辭有故請閒去繼至飲所崟乘白馬而東鄭子乘驢而南入昇平之北門偶值三婦人行於道中中有白衣者容色姝麗鄭子見之驚悅策其驢忽先之忽後之將挑之

而未敢白衣時、眄睞意有所受鄭子戲之曰美豔
若此而徒行何也白衣笑曰有乘不解相假不徒行
何為鄭子曰劣乘不足以代佳人之步令輙以相奉
其得步從足矣相視大笑同行者更相眩誘稍已狎
暱鄭子隨之東至樂遊園已昏黑矣見一宅土垣車
門室宇甚嚴白衣將入顧曰願少踟躕而入女奴從
者一人留於門屏間問其姓第鄭子既告亦問之對
曰姓任氏第二十少頃延入鄭子縶驢於門置帽於

鞍始見婦人年二十餘與之承迎即任氏婦也列燭置膳舉酒數觴任氏更衣理妝而出酣飲極歡夜久而寢其嬌姿美質歌笑態度舉措皆豔殆非人世所有將曉任氏曰可去矣兄弟某名係教坊職屬南衙晨興將出不可淹留乃約後期而去既行及里門門扃未發門旁有胡人鬻餅之舍方張燈熾爐鄭子憩其簾下坐以候鼓因與主人言鄭子指宿所以問之曰自此東轉有門者誰氏之宅主人曰此隤墉棄地

無弟宅也鄭子曰適過之邑以云無與之固爭主人適悟乃曰吁我知之矣此中有一狐多誘男子偶宿嘗三見矣今子亦遇乎鄭子赧而隱曰無之質明復視其所見土垣車門如故窺其中皆蓁荒及廢圃耳既歸見崟崟責以失期鄭子不泄以他事對然想其豔冶願復一見之心常存之不忘經十許日鄭子游入西市衣肆瞥然見之曩女奴從鄭子遽呼之任氏側身周旋於稠人中以避焉鄭子連呼前迫方背立

以扇障其後曰公知矣何相近焉鄭子曰雖知之何患對曰事可愧恥難施面目鄭子曰勤想如是忍相棄乎對曰安敢棄也懼公之見惡耳鄭子發誓詞旨益切任氏乃廻眸去扇光彩豔麗如初謂鄭子曰人間如其之比者非一公自不識耳無獨怪也鄭子請與之叙歡對曰凡其之流為人惡忌者非他為其傷人耳其則不然若公未見惡願終已以奉巾櫛鄭子許之與謀棲止任氏曰從此而東大樹出於棟間者

門巷幽靜可税以居前時自宣平之南乘白馬而東者非君妻之昆弟乎其家多什器可以假用是時鋈伯从從役於西方一院什器皆貯藏之鄭子如言訪其舍而詣鋈假什器問其所用鄭子曰新獲一麗人已税得其舍假具以備用鋈曰觀子之貌必獲詭陋何麗之絶也鋈乃悉假帷帳榻席之具使家僮之慧黠者隨以覘之俄而奔走返命氣吁汗洽鋈迎問有之乎曰有問其容若何曰奇怪也天下未嘗見之矣

崟姻族廣茂且風從逸遊多識美麗乃問曰孰若其美僮曰非其倫也崟遍比其佳者四五人皆曰非其倫是時吳王之女有第六者則崟之内妹穠豔如神仙中表素推第一崟問曰孰與吳王家第六女美又曰非其倫也崟撫手大駭曰天下豈有斯人遽命汲水濯頸巾首膏唇而往既至鄭子適出崟入門見小僮擁篲方掃有一女奴在其門他無所見徵於小僮小僮笑曰無之崟周視其内見紅裳出於户下迫而

察焉見任氏戢身匿於扇間鋻捽出就明而觀之殆不謬於所傳矣鋻愛之發狂乃擁而凌之不服鋻以力制之方急則曰服矣請少迴旋既緩則捍禦如初如是者數四鋻乃悉力急持之任氏力竭汗若濡雨自度不免乃縱體不復抗拒而任氏慘變鋻問曰何色之不悅如是任氏長嘆息曰鄭六之可哀也鋻曰何謂對曰鄭生有六尺之軀而不能庇一婦人豈丈夫哉且公少豪侈多獲佳麗遇某之比者衆矣而鄭

卷三
草玄居

生窮賤其所稱愜者唯某而已忍以有餘之心而奪人之不足乎哀其窮餒不能自立衣公之衣食公之食故爲公所繫耳若糠糗可給不當至是崟豪俊有義烈聞其言遽置之歛袵而謝曰不敢俄而鄭子至與崟相視咍樂自是凡任氏之薪粒牲餼皆崟給焉任氏時有經過出入或車馬輿步不常所止崟日與之游甚歡每相狎暱無所不至唯不及亂而已是以崟愛之重之無所吝惜一食一飲未嘗忘焉任氏知

其愛已因言以謝曰愧公之見愛甚矣顧以陋質不足以答厚意且不能負鄭生故不得遂公歡某秦人也生長秦城家本伶倫中表姻族多爲人寵媵以是長安狹邪悉與之通或有姝麗悅而不得者爲公致之可矣願持此以報德崟曰幸甚鄽中有鬻衣之婦曰張十五娘者肌體凝潔崟常悅者因問任氏識之乎對曰是其表娣妹致之易耳旬餘果致之數月厭罷任氏曰市人易致不足以展効或有幽絶之難謀

者試言之願得盡智力焉崟曰昨者寒食與二三子游於千佛寺見刁將軍緬張樂於殿堂有善吹笙者年二八雙鬟垂耳嬌姿豔絶當識之乎任氏曰此寵奴也其母即妾之内姊也求之可也崟拜於席下任氏許之乃出入刁家月餘崟促問其計任曰願得雙縑以為賂崟依給焉後二日任氏與崟方食而緬使蒼頭控青驄以迓任氏任氏聞召笑謂崟曰諧矣初刁氏家寵奴以病鍼餌莫減其母與緬憂之方甚將

徵諸巫任氏密賂巫者指其所居使言徙就爲吉及視疾巫曰不利在家宜出居東南其所以取生氣緬與其母詳其地處則任氏之第在焉緬遂請居任氏謬辭以偪狹勤請而後許乃輦服玩并其母偕送於任氏至則疾愈未數日任氏密引崟以通之經月乃孕其母懼遽歸以就緬自是遂絶他日任氏謂鄭子曰公能致錢五六千乎將爲謀利鄭子曰可遂假求於人獲錢六千任氏曰有人鬻馬於市者馬之股有

病可買以居之鄭子如市果見一人牽馬求售青在左股鄭子買以歸其妻昆弟見皆嗤之曰是棄物也買將何為無何任氏曰馬可鬻矣當獲三萬鄭子乃賣之有酬二萬鄭子不與一市盡曰彼何苦而貴買此何愛而不鬻鄭子乘之歸買者隨至其門累增其估至二萬五千又不與曰非三萬不鬻其妻昆弟聚而詬之鄭子不獲已遂賣卒不登三萬既而密伺買者徵其由乃昭應縣之御馬疵股者死三歲矣斯吏

不時除籍官徵其估計錢六萬沒其半以買之所獲尚多矣若有馬以備數則三年芻粟之估皆吏得之且所償蓋寡是以買耳任氏又以衣服故弊乞衣於崟崟將買全綵與之任氏不欲曰願得成制者崟召市人張大為買之使見任氏問所欲張大見之驚謂崟曰此必天人貴戚為郎所竊耳非人間所宜有者願速歸之無及於禍其容色之動人也如此竟買衣之成者而不自紉縫也不曉其意後歲餘鄭子武調

授槐里府果毅尉在金城縣時鄭子方有妻室雖晝游於外而夜寢於内方恨不得專其夕將之官邀與任氏俱去任氏不欲往曰旬月同行不足以為歡請計日給糧餼端居以遲歸鄭子懇請任氏愈不可鄭子乃求崟資助崟更加勸勉且詰其故任氏良久曰有巫者言某是歲不利西行故不欲俱鄭子甚惑也不想其他與崟大笑曰明智若此而為妖惑何哉固請之任氏曰儻巫者言可徵徒為公死何益二子曰

豈有斯理乎懇請如初任氏不得已遂行崟以馬借之出祖於臨皐揮袂別去信宿至馬嵬任氏乘馬居其前鄭子乘驢居其後女奴別乘又在其後是時西門圉人教獵狗於洛川已旬日矣適值於道蒼犬騰出於草間鄭子見任氏歘然墜於地復本形而南馳蒼犬逐之鄭子隨走叫呼不能止里餘為犬所獲鄭子銜涕出囊中錢贖以瘞之削木為記廻覩其馬嚙草於路隅衣服悉委於鞍上履襪猶懸於鐙間若蟬

蛻然惟首飾墜地餘無所見女奴亦逝矣向餘鄭子還城釜見之喜迎問曰任子無恙乎鄭子泫然對曰殁矣釜聞之驚慟相持於室盡哀徐問疾故答曰為犬所害釜曰犬雖猛安能害人答曰非人釜駭問非人者何鄭子方述本末釜驚訝歎息不能已明日命駕與鄭子俱適馬嵬發瘞視之長號而歸追思前事惟衣不自製與人頗異焉其後鄭子為總監使家甚富有櫪馬十餘匹年六十五卒大曆中沈既濟居鍾

陵嘗與崟游屢言其事故知詳悉後崟為殿中侍御史遂沒而不返

狐仙

党超元者同州郃陽縣人元和二年隱居華山羅敷水南明年冬十二月十六日夜近二更天晴月朗風景甚好忽聞扣門之聲令童僕候之云一女子年可十七八容色絕代異香滿路超元邀之而入與坐言辭清辯風韻甚高固非人世之材良久曰君識妾何

人也超元曰夫人非神仙即必非尋常人也女曰非也又曰君知妾此来何欲超元曰不以陋愚特垂枕席之歡耳女笑曰殊不然也妾非神仙乃南塚之妖狐也學道多秊遂成仙業今者業满頗足須從凡例祈君活之耳枕席之娛笑言之會不置心中有秊矣乞不以此懷疑若狥微情頗以命託超元唯〻又曰妾命後日當死於五坊箭下来晩獵徒有過者冝備酒食以待之彼必問其所須即曰親愛有疾要一臘

狐能遂私誠必有殊贈以此懇請其人必從贈禮所
須令便留獻因出束素與党曰得妾之屍請夜送舊
穴道成之日奉報不輕乃拜泣而去至明乃鬻束素
以市酒肉為待賓之具其夕果有五坊獵騎十人來
求宿遂厚遇之十人相謂曰我獵徒也宜為衣冠所
悪令党郎傾盖如此何以報之因問所須超元曰親
戚有疾醫藉臘狐其疾見困非此不愈乃祈於諸人
幸得而見惠願奉五素為酒樓費十人許諾而去南

行百餘步有狐突走邊大塚者作一圜〻之一箭而斃其徒喜曰昨夜覺人固求今日果獲乃持来與超元奉之五素既去超元洗其血卧於寢牀覆以衣衾至夜分人竊潛送穴中以土封之後七日夜半復有扣門者超元出視乃前女子也又延入泣謝曰道業雖成准例當死為人所食無計復生今蒙深恩特全斃質修理得活以證此身磨頂至踵無以奉報人塵已去雲駕有期仙路遥〻難期會面請從此辭藥金

五十斤收充贈謝此金每兩值四十緡非胡客勿示
乃出其金再拜而去且曰金烏未分青雲出於塚上
者妾去之候也火宅之中愁焰方熾能思静理少思
俗心亦可一念之間暫臻涼地勉之〻〻言訖而去
明晨專視果有青雲出於塚上良久方散人驗其金
真奇寶也即日携入市〻人只酬常價後數年忽有
胡客來詣曰知君有異金願一觀之趙元出示胡笑
曰此乃九天掖金君何以致之於是每兩酬四十緡

收之而去後不知所在耳

鬼騎狐

宋溥者唐大曆中為長城尉自言幼時與其黨暝扱野狐數夜不獲後因月夕復為其事見一鬼戴笠騎狐唱獨盤子至扱所狐欲入扱鬼迺以手搭狐頰因而復廻如是數四其後夕溥復下扱伺之鬼又乘狐兩小鬼引前往來扱所溥等無所獲而止

狐善飲酒

唐天寶中李萇爲絳州司士攝司户事舊傳此闕素凶廳事若有小孔子出者司户必死天下共傳司户孔子萇自攝職便處此廳十餘日見年十餘歳如廁有白裙婦人持其頭將上墻人救獲免忽不復見萇大怒罵空中以瓦擲中萇手萇表弟崔爲本州參軍是日至萇所言此野狐耳曲沃饒鷹犬當大致之俄又擲糞於崔杯中後數日犬至萇大獵獲狡狐數頭懸於簷上夜中聞簷上呼李司士云此是狐婆作祟

何以枉殺我娘兒欲就司士一飲明日可具觴相待萇云巳正有酒明早来及明酒具而狐至不見形影具聞其言萇因與交杯至狐其酒翕然而盡狐累飲三斗許萇唯飲二升忽言云今日醉矣恐失禮儀司士可罷宴狐婆不足憂明當送法禳之翌日萇將入衙門忽聞簷上云領取法尋有一團紙落萇便開視中得一帖令施燈心席、後廻書符、法甚備萇依行其怪遂絶

狐戲王生

杭州有王生者建中初辭親之上國收拾舊業將投一親知求一官耳行至圃田下道尋訪外家舊莊日晚栢林中見二野狐倚樹如人立手執一黄紙文書相對言笑旁若無人生大叱之不爲變動生乃取彈因引滿彈之且中其執書者之目二狐遺書而走王生遽往得其書纔一兩紙文字類梵書而莫究識遂緘於書袋中而去其夕宿於前店因話於主人方訝

其事忽有一人携囊来宿疾眼之甚若不可忍而語
言分明聞王之言曰大是奇事如何得見其書王生
方將出書主人見患眼者一尾垂下床因謂生曰此
狐也王生遽收書於懷中以手摸刀逐之則化為狐
而走一更後復有人扣門王生心動曰此度更來當
以刀箭敵汝矣其人隔門曰爾若不還我文書後無
悔也自是更無消息王生秘其書緘縢甚密行至都
下以求官伺謁之事期方賒緩即乃典貼舊業田園

卷三

十九 草玄居

卜居近坊為生〻之計月餘有一僮自杭州而至縗
衰入門手執凶訃王生迎而閱之則生已丁家艱矣
數日號慟生因視其書則母之手字云吾本家秦不
願葬於外地今江東田地物業不可分毫破除但都
下之業可一切處置以資喪事備具皆畢然後自来
迎節王生乃盡貨田宅不𠊱善價得其資備塗芻之
禮無所欠少既而復籃舁東下以迎靈輿及至楊州
遥見一船上有數人皆喜笑歌唱漸近視之則皆王

生之家人也意尚謂其家貧之今屬他人矣須臾又
有小弟妹褰簾而出皆縗服哭語驚愕之際則其船
上家人又驚呼曰郎君来矣是何服飾之異也王生
潛令人問乃聞其母在遽毀縗經行拜而前母迎而
問之王生告以故母曰安得此理王生乃出母書一
張空紙耳母又曰吾所以来此者前月得汝書云近
得一官令吾盡貨江東之產為入京之計今無可歸
矣及母出王生所寄之書又一空紙耳王生遂撥使

入京盡毀其凶喪之具因鳩集餘資且往江東爲有十無一二纔得數間屋至以庇風雨而已有弟一人別且數歲一旦忽至見其家道敗落因徵其由王生具話本末又述妖狐事曰但應以此爲禍耳其弟驚嗟因出妖狐之書以示之其弟纔執其書退而置於懷中曰今日還我天書言畢乃化作一狐而去

狐爲老人

談衆者幼時下扱匿身樹上忽見一老人扶杖至巳

嗣止樹下仰問樹上是何人物衆時尚幼甚惶懼其
兄怒罵云老野狐何敢如此下樹逐之遂變狐走

狐負美姬

中書令蕭志忠景雲元年爲晉州刺史將以臘日畋
遊大事罝羅先一日有薪者樵於霍山暴瘧不能歸
因止嵓穴之中呻吟不寐似聞谷窣有人聲初以爲
盜賊將至則匍匐伏於枯木中時山月甚明有一人
身長丈餘鼻有三角體被豹鞟目閃閃如電向谷長

哄餓有虎兕麋豕狐兔雉雁駢匝百許步長人即唱
言曰余玄冥使者奉北帝之命明日臘日蕭使君當
領畋獵汝等若干合鷹死若干合箭死言訖羣獸皆
俯伏戰悶若請命者有老虎洎老麋皆屈膝向長人
言曰以其之命即實以分然蕭使君仁者非意欲害
物以行時令耳若有少故則止使者豈無術救余使
者曰非余欲殺汝輩但以帝命宣示汝等刑名即余
使乎之事畢矣自此任爾自為計然余聞東谷嚴四

善謀爾等可就彼祈求群獸皆輪轉歡呼使者即東行群獸異從時薪者病亦少間隨往覘之既至東谷有茅堂數間黃冠一人架懸虎皮身熟寢驚起見使者曰濶別既久每多思望今日至此得無配群生臘日刑名乎使者曰正如高明所問然彼皆求生於四兄四兄當為謀之老麋即屈膝哀請黃冠曰蕭使君從仁心惻其飢寒若祈滕六降雪巽二起風即不復遊獵矣余昨得滕六書已知喪偶又聞索泉第五娘

子為歌姬以妬忌黜若汝求得美女納之雪立降矣
又巽二好酒汝若求得醇醪賂之則風立生有一狐
自稱多媚能取之河東縣尉崔知之第三妹美淑媚
緩緩絳州盧思由善醪醲妻産必有美酒言訖而去
諸獸皆有歡聲黃冠乃謂使者曰憶合頒儺都豈憶
千年為獸身悒々不得志耶聊為述懷一章乃吟曰
昔為仙子今為虎流落陰崖足風雨更將斑毳被余
身千載空山萬般苦含嗔讒譎已滿惟有十一日即

歸紫府矣久居於此將別無限恨因題數行於壁以使後人知僕曾居於此矣乃書壯壁曰下玄八千億甲子丹飛先生嚴含質謫下中天被斑革六十萬甲子血食澗飲廁猿狖下濁界景雲元祀升太一時薪者素曉書因客記得之少頃老狐負美女至纔及笄歲紅袂拭目殘妝妖媚又有一狐負美酒二瓶香氣苦烈嚴四兄即以美女洎美酒瓶各內一壺中以朱書二符取水噀之壺即飛去薪者懼爲所覺尋即迴

未明風雪暴至竟日乃罷而蕭使君不復獵矣

李自良奪狐天符

唐李自良少在兩河間落拓不事生業好鷹鳥常竭囊貨爲鞲紲之用馬燧之鎮太原也募以能鷹犬從禽者自良自詣軍門自陳自良質狀驍健燧一見悅之置於左右每呼鷹逐獸未嘗不愜心快意焉數年之間累職至牙門大将因從禽縱鷹逐一狐狐挺入古壙中鷹相隨之自良即下馬乘勢跳入壙中深三

丈許其闇朗明如燭見塼榻上有壞棺復有一道士
長尺餘執兩紙文書立於棺上自良因掣得文書不
復有他物矣遂臂鷹而出道士隨呼曰幸留文書當
有厚報自良不應乃視之其字皆古篆人莫之識明
旦有一道士儀狀風雅詣自良自良曰傴師何所道
士曰其非世人以將軍昨日逼奪天符也此非將軍
所宜有若見還必有重報自良固不與道士因屏左
右曰將軍裨將耳其能三年内致本軍政無乃極所

頷手自良曰誠如此頷亦未可信如何道士乃超然奮身上騰空中俄有仙人絳節玉童白鶴徘徊空際以迎接之須臾復下謂自良曰可不見乎此豈是妄言者耶自良遂再拜持文書歸之道士喜曰將軍果有福祚後年九月內當如約矣於旹貞元二年也至四季秋馬燧入覲太原耆舊有功大將官秩崇高者十餘人從馬自良職最卑上問太原北門重鎮誰可代卿者燧昏然皆不省唯記自良名氏遽奏曰李自

良可上曰太原將校當有[illegible][illegible][illegible]勲者自良徐單素無所聞卿更思量燧倉卒不知所對又曰以臣所見非自良莫可如是者再三上亦未之許燧出見諸將愧汗洽背私誓其心後必薦其季德最高者明日復問竟誰可代卿燧依前昏迷唯記舉自良上曰當俟議定於宰相耳他日宰相入對上問馬燧之將孰賢宰相愕然不能知其餘亦皆以自良對之乃拜工部尚書太原節度使

牝狐爲李令緒阿姑

李令緒即兵部侍郎李紓堂兄其妹選授江夏縣丞令緒因往覲妹及至坐久門人報云其小娘子使家人傳語喚入見一婢甚有姿態云娘子參拜兄嫂且得令緒遠到丞妻亦傳語云娘子能来此看姪兒否又云婢有何飲食可致之婢去後其妹謂令緒曰汝知乎吾與一狐知聞逾年矣須臾使人齎大食器至黄衫奴舁并向来傳語婢同到云娘子續来俄頃閣

乘四環金飾輿僕從二十餘人至門丞妻出迎見一婦人年可三十餘雙梳雲髻光彩可鑒婢等皆以羅綺異香滿宅令緒避入其婦升堂坐訖謂丞妻曰令緒既是子姪何不出來令緒聞之遂出拜謂曰我姪真士人君子之風坐良久謂令緒曰觀君甚長厚心懷中應有急難於衆人令緒亦知其故談話盡日辭去後數來每至皆有珍饌經半年令緒擬歸東洛其姑遂言此度阿姑得令緒心矣阿姑緣有厄擬隨令

緒到袁洛可否令緒驚云行李貧迫要致車乘計無所出又云但許阿姑家事假車乘只將女子二人并向來所使婢金花去阿姑事令緒應知不必言也但空一衣籠令遞馳家人每至關津店家即畧開籠阿姑暫過歇了開籠自然出行豈不易乎令緒許諾及發開籠見三四黑影入籠中出入不失前約至東都將到宅令緒云何處可安置金花云娘子要於倉中甚便令緒即掃灑倉窖為都置帷遞馳奴知之餘家

人莫有知者每有所要金花即自来取之阿姑時〻一見後數月云厄已過矣擬去令緒問云欲往何處阿姑云胡璩除豫州刺史緣二女成長須有匹配令與渠處置令緒明年合格臨欲選家貧無計乃往豫州及入境見牓云我单門孤立亦無親表恐有擅托親故妄索供擬即於時申報必當科斷往来商旅皆傳胡使君清白於謁者絶矣令緒以此懼進退久之不獲已乃潛入豫州見有人縣謁亦無所得令緒即

授刺使君即時引入一見極喜如故人云雖未奉見
知公有急難久停光儀來何晚也即授館供給頗厚
一州云自使君到未曾有如此每日入宅飲讌但論
時事亦不言他經月餘令緒告别璠云即與處置路
糧充選時之費便集縣令曰璠自到州不曾有親故
櫌李令緒天下俊秀某平生永展奉昨一見知是丈
夫以此重之諸公合見耳今請赴選各須與致糧食
無令輕尠官吏素畏其威自縣令已下贈絹無數十

匹以下者令緒獲絹千匹仍備行裝又留宴別令緒
因欲戰門見別有一門金花自内出云娘子在山亭
院要相見及入阿姑已出喜盈顏色曰豈不能待嫁
二女又云令緒買得柑子不與阿姑太慳也令緒驚
云實買得不敢特送咲云此戲言耳君所買者不堪
阿姑自有上者與令緒將去命取之一一皆大如拳
既別又喚令緒回云時方艱難所將絹帛行李恐遇
盜賊為之柰何乃曰借與金花將去但有事急一念

金花即當無事令緒行數日果遇盜五十餘人令緒恐懼墜馬忽思金花便見精騎三百餘人自山而来軍容甚盛所持器械光可以鑑殺賊略盡金花命騎士卻擊馳仍處分兵馬好去欲至京路店宿其主人女病云是妖魅令緒問主人曰是何疾答云似有妖魅歷諸醫術無能暫愈令緒云治卻如何主人珍重辭謝乞相救但得校損報效不輕遂念金花須臾便至具陳其事略見女之病乃云易也遂結一壇焚香

為咒俄頃有一狐甚疥癘縛至壇中金花决之一百流血遍地遂逐之其女便愈及到京金花辭令緒令緒云遠勞相送無可贈別廼致酒饌飲酣謂曰既無形跡亦有一言得無難乎金花曰有事但言令緒云頃聞阿姑家事来由也對曰娘子本其太守女其丗父昆弟與令緒不遠嫁為蘇氏妻遇疾終金花是從嫁後數月亦卒故得在娘子左右天帝配娘子為天狼将軍夫人故有神通金花亦承阿郎餘蔭胡使君

阿郎親子姪昨所治店家女其狐是阿郎門廁役使此輩甚多金花能制之云銳騎湫難者是天兵金花要喚不論多少令緒謝之云此何時當再會金花云本以姻緣運合只到今日自此姻緣斷絕便當永辭令緒惆悵良久傳謝阿姑千萬珍重厚與金花贈遺悉不肯受而去胡璿後歷數州刺史而卒

三狐相毆

唐貞元中江陵少尹裴君者亡其名有子十餘歲聰

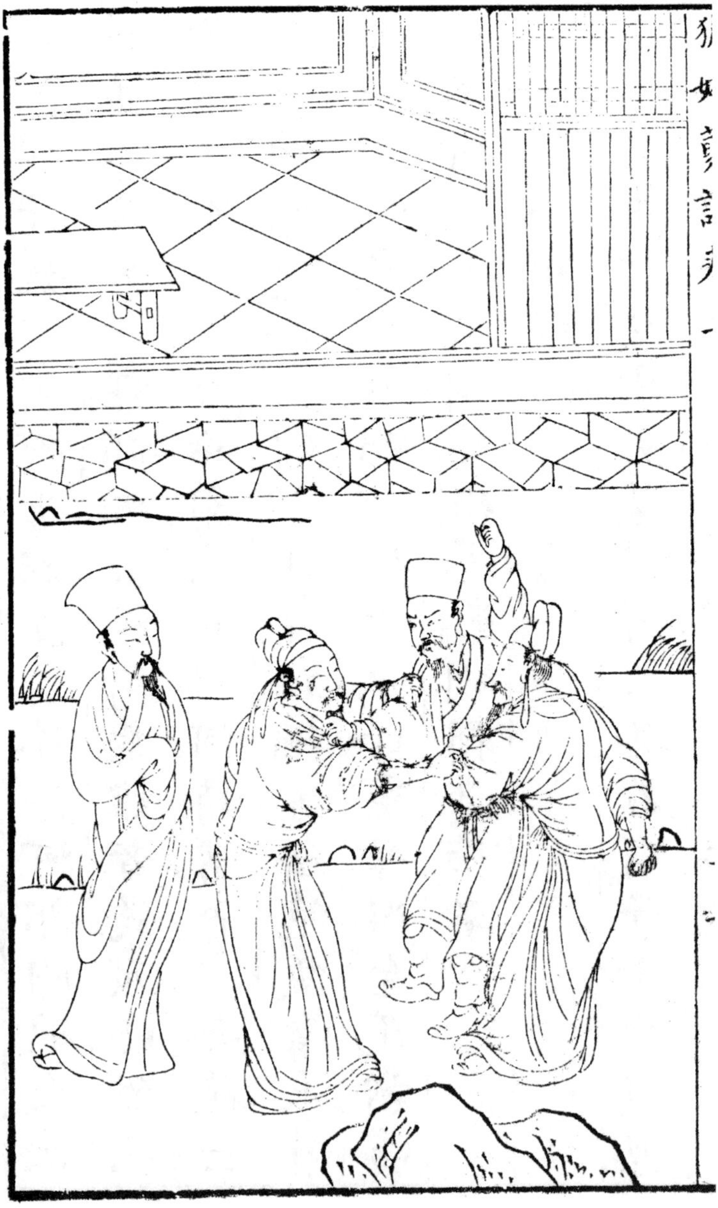

敏有文學姿貌明秀裴君深愛之後病旬日益甚醫藥無及裴君方求道術士用呵禁之冀瘳其苦有叩門者自稱高氏子以符術為業裴即延入令視其子生曰此子非他疾廼妖狐所為耳然某有術能愈之即謝而祈焉生遂以符術拷召近食頃其子忽起曰其病今愈裴君大喜謂高生為真術士具食飲已而厚贈繒帛謝遣之生曰自此當日日來候耳遂去其子他疾雖愈而神魂不足往往狂語或咲哭不可禁

高生每至裴君即以此祈之生曰此子精魄已爲妖魅所縶今尚未還耳不旬日當斃無以憂爲裴信之居數日又有王生者自言有神術能以呵禁去妖魅疾來謁裴與語謂裴曰聞君愛子被病且未瘳願得一見矣裴即使見其子生大驚曰此郎君病狐也不速治當加甚耳裴君因話高生王笑曰安知高生不爲狐廼坐方設席爲呵禁高生忽至既入大罵曰柰何此子病愈而廼延一狐於室内耶即爲病者耳王

見高来又罵曰果然妖狐今果至安用為他術考名封二人紛然相詬辱不已裴家方大駭異忽有一道士至門私謂家僮曰聞裴公有子病狐吾善視鬼汝但告請入謁家僮馳白裴君出話其事道士曰易與耳入見二人二人又詬曰此亦妖狐安得為道士惑人道士亦罵之曰狐當還郊野墟墓中何為撓人乎既而閉戶相鬬毆數食頃裴君益恐其家僮惶惑計無所出及暮闃然不聞聲開視三狐皆仆地而喘不

態動矣裴君盡鞭殺之其子後旬月方愈

狐媚叢談卷四

王知古贅狐被逐

唐咸通中盧龍節度使檢校尚書左僕射張直方抗表請修入覲之禮優詔允焉先是張氏世滋燕土燕民亦世服其恩禮燕臺之嘉賓撫易水之壯士地沃兵庶朝廷每姑息之洎直方之嗣事也出綺紈之中據方岳之上未嘗以民間休戚為意而酣酒於室淫獸於原巨賞狎於皮冠厚寵襲於緣幘暮年而三軍

大然直方稍不自安左右有為其計者迺畫室西上至京懿宗授之左武衛大將軍而直方飛蒼走黃莫親徼道之職往往設罝罘於通道則犬彘無遺臧獲有不如意者立殺之或曰輦轂之下不可專戮其母曰尚有尊於我子者耶其僭軼可知也於是諫官列狀上請收付廷尉天子不忍寘於法迺降為燕王府司馬俾分務洛師馬直方至東都既不自新而慢遊愈極洛陽四旁翥者攫者見皆識之必羣譟長嘷而

云有王知古者東諸侯之貢士也雖博涉儒術而數
奇不中春官選乃退處於山川之上以擊鞠飛觴為
事遨遊於南隣北里間至是有介紹於直方者直方
延之觀其利喙贍辭不覺前席自是日相狎壬辰歲
冬十一月知古嘗晨興則僦舍無烟愁雲塞望悄然
弗怡徑徙步造直方第至則直方急趨將出獵也謂
知古曰能相從乎而知古以祁寒有難色直方顧小
僮曰取短皂袍來請知古衣之知古乃上加麻衣焉

遂聯轡而出長夏門則微霰初零由闕塞而密雪交注乃渡伊水而東南踐萬安山之陰麓而耩弋之獲甚夥傾羽觴燒兎肩殊不覺有嚴寒意及霰開雪霽日將夕馬忽有封狐突起於知古馬首乗酒馳之數里不能及又與獵徒相失須臾雀躁烟暝莫知所之隱隱聞洛城暮鐘但彷徨於樵徑古陌之上俄而山川晴然若一鼓將半長望間有炬火甚明乃依積雪光而赴之復若十餘里至則喬木交柯而朱門中開

皓壁橫亘真壯闕之甲第也知古及門下馬將從倚以待旦無何小駟頓纓闒者覺之隔闔而問阿誰知古曰成周貢士太原王知古也今旦有友人將歸於崆峒舊隱者僕餞之伊水濱不勝離觴既摻袂馬逸復不能止失道至此耳遲明將去幸毋見讓闒者曰此乃劍南副使崔中丞之莊也主父近承天書赴闕郎君復隨計吏西征此唯閨闈中人耳豈可少淹乎某不敢去留請聞於內知古雖怵惕不寧自度中宵

矣去將安適乃拱立以俟少頃有秉審炬自內至者振管闢扉引保母出知古前拜仍述厥由母曰夫人傳語主與小子皆不在家於禮無延客之道然僻居與山藪接畛豺狼所嘷若固相拒是見溺而不援也請舍外廳翌日可去知古辭謝從保母而入過重門側廳所欒櫨宏敞帷幕鮮華張銀燈設綺席命知古坐馬酒三行復陳方丈之饌豹胎魴腴窮水陸之珍保母亦時來相勉食畢保母復問知古世嗣官秩及

内外姻黨知古具言之乃曰秀才軒裳令胄金玉奇標既富春秋又潔操履斯實淋媛之賢夫也小君以鍾愛稚女將及笄年常託媒妁為求佳對久矣今夕何夕獲遘良人潘楊之睦可遵鸞鳳之兆斯在未知雅抱何如耳知古斂容曰僕文愧金聲才非玉潤豈室家為望唯泥塗是憂不謂寵及迷津慶逢子夜聆清音於魯館逼佳氣於秦臺二客遊神方茲莫計三星委照唯恐不揚儻獲托彼彊宗睠以佳偶則平生

𠩄志畢在斯乎保毋喜謔浪而入白復出致小君之
命曰兒幼移天隺門實秉懿範奉蘋蘩之敬如琴瑟
之和唯以稚女是懷思配君子既辱高義乃叶夙心
上京飛書路且不遥百两成禮事亦非僭忻慰孔多
傾矚而巳知古蓺折而荅曰某虽沙徽類忝及湮淪
而鐘鼎高門忽蒙採拾有如白水以奉清塵鶴企鳧
趨唯待侎旨知古復拜保毋戲曰他日錦雉之衣欲
解青鸞之匣窺（全開）如月華室若雲邃此際頗相念否知

[illegible]

古謝曰以凡近仙自地登漢不有所舉孰能自媒謹當銘彼襟靈志之紳帶期於沒齒佩以周旋復拜時則燎沉當庭良夜將艾保母請知古脫服以休既解麻衣而皂袍見保母曰豈有縫掖之士而服短後之衣耶知古謝曰此廼假之契與所遊熟者固非已有又問所從荅曰乃盧龍張直方僕射所借耳保母忽驚叫仆地色如死灰既起不顧而走入宅遙聞大呼曰夫人差事宿客乃張直方之徒也復聞夫人者叱

曰火急遂出無啓冠雙於是婢子小豎輩羣出秉猛炬曳白梧而登階知古倥傯走於庭中四顧遜謝詈言狎至僅得出門纔出已横關闔扉猶聞諠譁不已知古愕立道左自歎久之將隱頹垣乃得馬於其下遂馳去遥望大火若燎原者乃縱轡赴之至則輸租車方飯牛附火耳詢其所則伊水東草店之南也復枕轡假寐食頃而震方洞然心思稍安乃揚鞭於大道比及都門已有直方騎數輩來跡矣趋至其第既

見直方而知古憤懣不能言直方慰之坐定知古乃述宵中怪事直方起而撫髀曰山魑木魅亦知人間有張直方耶且止知古復益其徒數十人皆射皮飲冑者享以卮酒豚肩與知古復南出既至萬安之北知古前導殘雪中馬跡宛然直詣栢林下至則碑板廢於荒坎樵蘇殘於密林中列大塚十餘皆狐兎之窟穴其下曳踩於是直方命四周張羅彀弓以待內則束縕荷鍤且掘且燻少頃羣狐突出燋頭爛額者

罝罹應弦飲羽者凡獲狐大小百餘頭以其尸歸之
水

狐變爲奴

道士張謹好符法學雖苦而無成嘗客遊至華陰市見賣瓜者買而食之旁有老父謹覺其飢色取以遺之累食百餘謹知其異奉之愈敬將去謂謹曰吾土地之神也感子之意有以相報因出一編書曰此禁狐魅之術也宜勤行之謹受之父亦不見爾日宿近

縣村中聞其家有女子啼呼狀若狂者以問主人對
曰家有女近得狂疾每日輙靚粧盛服云召胡郎來
非不療理無如之何也謹即爲書符施簷戶間是日
晚聞簷上哭泣且罵曰何物道士預他人家事宜急
去之謹怒呵之良久大言曰吾且爲奴矣遂寂然謹
復書數符病即都瘥主人遺絹數十疋以謝之謹嘗
獨行既有重齎須得傔力停數日忽有二奴詣謹自
稱曰德兒歸寶嘗事崔氏崔出官因見捨棄今無歸

矣頤侍左右謹納之二奴皆謹愿黠利尤可憑信謹東行凡書囊符法行李衣服皆付寶負、之將及關寶忽大罵曰以我為奴如役汝父因絕去謹駭怒逐之其行如風倏忽不見既而德兒亦不見所齎之物皆失之矣時秦隴用兵關禁嚴急客行無驗皆見刑戮既不敢東渡復還主人具以告之主人怒曰寧有是事是無獄復將撓我耳因止於田夫之家絕不供給遂為耕夫邀與同作晝耕夜息疲苦備至困憊大樹下仰見二兒曰吾德兒歸寶也汝之爲奴苦否又曰此符法我之書也失之已久今喜再獲吾豈無情於汝乎因擲行李還之曰速歸鄉人待爾書符也即大哭而去謹得行李復詣主人方異之更遺絹數疋乃得去自爾遂絕書符矣

民婦殺狐

鄉民有居近山林民婦嘗獨出於林中則有一狐忻然搖尾數步循優於婦側或前或後莫能遣之如是

者爲常戍關丈夫至則遠之弦弧不能及矣忽一日婦與姑同入山掇蘩狐潛逐之婦姑於叢間稍相遠狐即出草中摇尾而前忻忻然如家犬婦乃誘之而前以裙褁之呼其姑共擊斃而還家鄰里競來觀之則瞑其雙目如有羞赧之狀因斃之此雖有魅人之異而未能變任氏之説豈虚也哉

狐醉被殺

尹瑗者嘗舉進士不第爲太陽晉原尉既罷秩退居

郊野以文墨自適忽一日有白衣丈夫來謁自稱吳
興朱氏子早歲嗜學竊聞明公以文業自負願質疑
於執事無見拒瑗即延入與語且徵其說云家僑嵐
川早歲與御史王君皆至北門今者寓跡於王氏別
業累年自此每四日輒一來甚敏辯縱橫詞意典雅
瑗深愛之因謂曰吾子機辯玄奧可以從郡國之遊
為公侯高客何乃自取沉滯隱跡叢莽生曰余非不
願謁公侯且懼旦夕有不虞之禍瑗曰何為發不祥

之言乎朱曰某自今歲来夢卜有窮盡之兆瑗即以辭慰諭之朱生頗有愧色後至重陽日有人以濃醞一瓶遺瑗朱生亦至因以酒飲之初辭以疾不敢飲已而又曰佳節相遇豈敢不盡主人之歡耶引滿而飲食頃大醉告去未行數十步忽仆於地化為一老狐酩酊不能動矣瑗即殺之因訪王御史別墅有老農謂瑗曰王御史并之裨將往歲戍於嵐川為狐媚病而卒已累年矣墓於村北數十步即命家僮尋御

史墓果有六瑗後為御史竊話其事時唐太和初也

老狐娶婦

唐長安昝規因喪母又遭火焚其家產遂貧乏委地兒女六人盡孩幼規無計撫養其妻謂規曰今日貧窮如此相聚受餓寒存活終無路也我欲自賣身與人求財以濟君及我兒女如何規曰我偶喪財產今日窮厄失計教爾如此我實不忍妻再言曰若不如此必盡飢凍死規方允後一日有老父詣門規延入

言及兒女飢凍妻欲自賣之意老父傷念良久乃謂規曰我累世家實住藍田下適聞人說君家妻意今又見君言我今欲買君妻奉錢十萬規與妻皆許之老父翌日送錢十萬便挈規妻去仍謂規曰或兒女思母之時但攜至山下訪我當得相見經三載後兒女皆死又貧乏規乃乞食於長安忽一日思老父言因往藍田下訪之俄見一野寺門宇華麗狀若貴人宅守門者詰之老父命規入設食無出其妻與規相

見其妻聞兒女皆死大號流遂氣絶老父驚走入且大怒擬謀害規〻亦怯懼走出廻顧已失宅所在見其妻死於古塚前其塚旁有穴規乃下山倩人掘塚見一老狐走出始知其妻爲老狐所買耳

白毳老狐

魯獵者能以計得狐設竹穽於茂林縛鴿於穽中而敞其戶獵者纍樹葉爲衣棲於樹以索繫機俟狐入取鴿輒引索閉穽遂得狐一夕月微明有老翁幅巾

縞裳支一節傴僂而来且行且詈曰何讐而掩取我子孫殆盡也獵初以為人至穽所徘徊久之月堕而暝乃亦入取鴿亟引索閉穽則一白毳老狐也世言狐能幻人信哉

狐鳴於旁

李密建號登壇疾風鼓其衣幾仆及即位狐鳴于旁惡之及將敗數日回風發於地激砂礫上屬天白日為晦屯營羣鼠相啣走西北度洛經月不絕

狐入李承嘉第

神龍初有羣狐入御史大夫李承嘉第其堂無故壞又秉筆而管直裂易之又裂

狐人立

李揆方盛暑夜寢于堂之前軒而空其中堂為晝日避暑之所於一夜忽有巨狐鳴譟於庭乃狐人立跳躍目光迸射久之逾垣而去揆甚惡之將曉揆入朝其日拜相

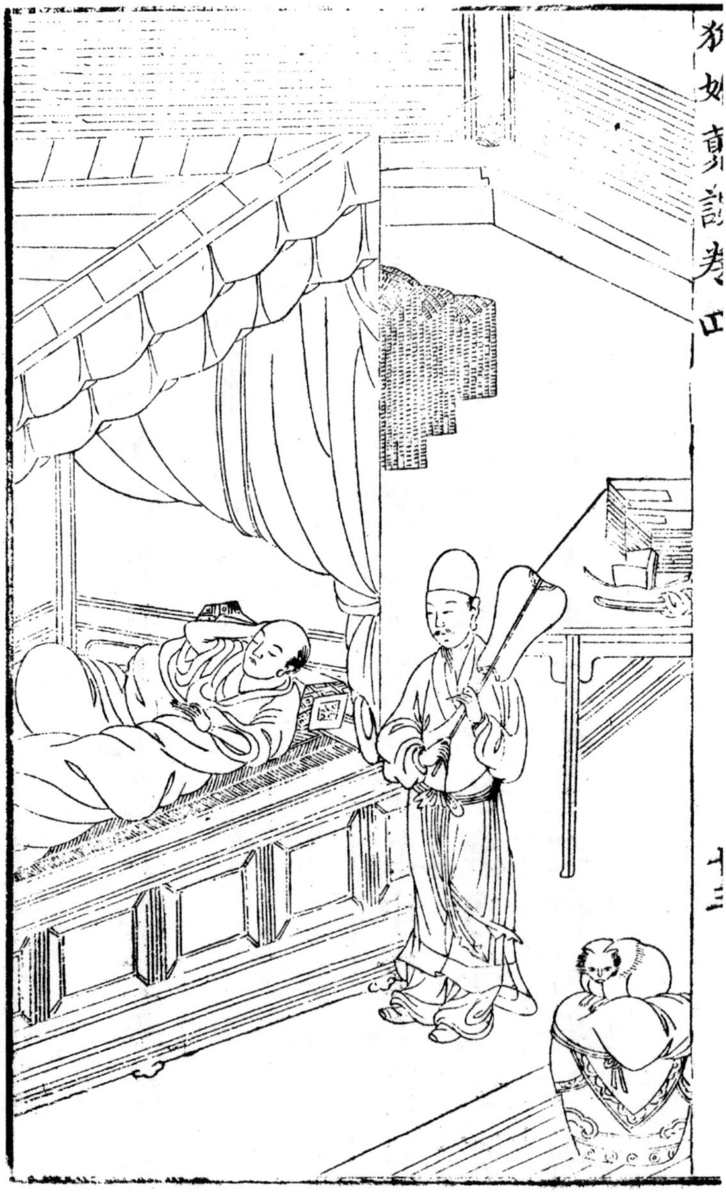

白狐七尾

咸寧二年有白狐七尾見汝南

夜狐狸鳴

長安自石門之奔宮殿焚圯及岐人再逆大閭里皆盡宮城昏夜狐狸鳴啼無人跡

王璠娶狐

唐宋州刺史王璠少時儀貌甚美為牝狐所媚家人或有見者丰姿端麗雖僮幼遇之者必斂容致敬自

稱新婦極對皆有理由是人樂見之每至端午及佳節悉有贈儀相送云新婦上其郎其婦續命衆人嘆之然所得甚多後璠位高狐乃不至蓋其祿重不能為怪

狐能飛形

太和中有處士姚坤不求聞達常以漁釣自適居於東洛萬安山南以琴樽自怡居側有獵人常以網取狐兔為業坤性仁恒收贖而放之如此活者數百坤

舊有莊賣於嵩嶺菩提寺坤持其價而贖之其買莊僧惠沼行亮率常於閑處鑿井深數丈投以黃精數百斤求人試服觀其變化乃飲坤大醉投於井中以磑石咽其井坤及醒無計躍出但饑茹黃精而已如此數日夜忽有人於井口召坤姓名謂曰我狐也感君活我子孫不少故來教君我狐之通天者初穴於塚因上竅乃窺天漢星辰有所慕焉恨身不能奮飛遂凝注神忽然不覺飛出躡虛駕雲登天漢見仙官

而禮之君但能澄神泯慮注盼玄虛如此精確不三旬而自飛出雖竅之至微無所礙矣坤曰汝何據耶狐曰君不聞西昇經云神能飛形亦能移山君其努力言訖而去坤信其說依而行之約一月忽能跳出於磓孔中遂見僧大駭視其井依然僧禮坤詰其妙坤告曰某無為但於中有黃精餌之漸覺身輕浮颻其中如處寥廓雖欲安居不能禁止偶爾昇騰竅所不礙特黃精之妙如此他無所知僧然之諸弟子曰

索隱下約以一月後來窺弟子如其言月餘往窺師已斃於中矣坤歸旬日有女子自稱夭桃詣坤云是富家女誤為少年誘出失蹤不可復返願持箕帚坤納之妖麗冶容至於篇什等札俱能精至坤亦愛之後坤應制挈夭桃入京至盤頭館夭桃不樂取筆題竹簡為詩曰鉛華久御向人間欲捨鉛華更慘顏縱有青丘今夜月無因重照舊雲鬟吟風久之坤亦矍然忽有曹牧遣人執良犬將獻裴度入館犬見夭桃

怒曰擊額蹲步上階夭桃即化為狐跳上犬首抉其視犬驚騰號出館望荆山而竄坤大駭逐之行數里犬已斃狐即不知所之坤惆悵懇惜盡日不能前進及夜有老人挈美醞詣坤云是舊相識既飲坤終莫能達相識之由老人飲罷長揖而去云報君亦足矣吾孫亦無恙遂倏不見坤方悟狐也後竟無聞焉

狐化髑髏為酒巵

杜陵韋氏子家於韓城有別墅在邑北十餘里開成

十年秋自邑中遊焉日暮見一婦人素衣挈一瓢自北而来謂韋曰妾居邑北里中有年矣家甚貧今為里胥所辱將訟於官幸吾子紙筆書其事妾得執詣邑冀雪其恥韋諾之婦人即揖坐田野衣中出一酒卮曰瓢中有酒願與吾子盡醉于是注酒一飲韋、方舉卮會有獵騎從西来引數犬婦人望見即東走數十步化為一狐韋大恐視手中卮乃一髑髏酒若牛溺之狀韋因病熱月餘方瘳

狐龍

驪山下有一白狐驚撓山下人不能去除唐乾符中忽一日突温泉自洛須臾之間雲蒸霧湧狂風大作化一白龍昇天而去後或陰暗往往有人見白龍飛騰山畔如此三年忽有一老父每臨夜即哭於山前數日人乃伺而問其故老父曰我狐龍死故哭爾人問之何以名狐龍老父又何哭也老父曰狐龍者自狐而成龍三年而死我狐龍之子也人又問曰狐何

能化為龍老父曰此狐也禀西方之正氣而生胡白色不與衆遊不與近處狐託於驪山下千餘年後偶合於雌龍上天知之遂命為龍亦猶人間自凡而成聖耳言訖而滅

唐文選牒城隍誅狐

乾州唐文選好為大言鄉人號曰唐大滑有狐擾民家徵索酒食少緩立致污穢文選偶經其門大言云妖誠無狀必不敢近我及歸狐已在舍呼文選云若

言吾畏汝今欲相擾矣自是留其家為患益甚文選
無如之何州城下故多狐窟有傍城居者夜見兩人
立女墻間長可二尺着褐衣蒲履布襪相與攜手語
曰巨耐唐文選吾輩自求食何關彼事而敢妄言今
必撓亂其家令其至死乃已及旦其人以告文選即
具牒投之城隍廟言神為一方主乞為民除害已而
家中魅言稍含糊城下人又見前兩人云吾於彼無
大仇乃訴於城隍劉去吾舌今痛不可忍柰何因復

以告文選文選仍牒請行誅以絕妖患明日有二狐死城下其家遂安

狐媚汪氏

甪直徐翁子婦汪氏美而豔夜有少年來與狎家人知為怪而議祛之或言當召將或言枕周易忽見度上豎一白牌書云枕易召將皆不畏汪有姿色偏愛他字甚適美倏忽滅跡是後翁為具召客酒間衆問何為不樂翁以實告有笑者曰彼但逞於私室敢人

前作怪耶語未竟墜一巨石震撼棟宇坐驚散翁無可柰何使婦歸寧他日閒坐見物若有尾者從身旁跳躍而去諦視一狐也翁不久死怪亦遂絶

狐生九子

唐元和中有許真者家僑青齊間嘗西遊長安至陝與陝從事善是日將告去從事留飲酒至暮方與別及行未十里遂兀然墮馬而二僕驅其衣囊前去矣及真醉寤已曛黒馬亦先去因顧道左小逕有馬溺

即往尋之不覺數里忽見朱門甚高槐柳森然真既亡僕馬悵然遂叩其門已扃鍵有小童出視真即問曰此誰氏居曰李外郎別墅真請入謁僮遽以告之頃之令人請客入息於賓館即引入門其左有賓位甚清敞所設屏障皆古山水及名人畫圖經籍茵榻之類率潔而不華真坐久之小僮出曰主君且至俄有一丈夫年約五十朱紱銀章儀狀甚偉與真相見揖讓而坐真因述從事留飲道中沉醉不覺墮黑僕

馬俱失願寓此一夕可乎李曰但慮此界隘不可安
貴客寧有間耶真愧謝之李又曰其嘗從事於蜀尋
以疾罷去今則歸休於是矣因與議語甚敏博真頗
慕之又命家僮訪其僕馬餓而皆至即舍之既而設
饌共食々竟飲酒數盃而寐明日真晨起告去李曰
願更得一日侍歡笑真感其意即留明日乃別及至
京師居月餘有款其門者自稱獨狐沿真延坐與語
甚聰辯且謂曰其家於陝昨西來過李外郎談君之

美不暇且欲與君為姻好故令某奉謁話此意君以為何如真喜而諾之洽曰某今還陝君東歸當更訪外郎且謝其意也遂別去後旬月生還詣外郎別墅李見真大喜生即話獨狐洽之言因謝之李遂留生十日就禮妻色甚姝且聰敏柔婉生留旬月乃挈妻挐歸青齊自是李君音耗不絕生奉道每晨起閱黃庭內景經李氏止之曰君好道寧如秦皇漢武乎求仙之力又孰若秦皇漢武乎彼二人貴為天子富有

四海竭天下之財以學神仙尚崩於沙丘葬於茂陵況君一布衣而乃惑於求仙耶真叱之乃終卷意其知道者亦不疑為他類也後歲餘真挈家調選至陝郊李君留其女而遣生来京師明年秋授兖州參軍李氏随之官數年罷秩歸齊魯又十餘年李有七子二女才質姿貌皆居衆人先而李容色端麗無殊少年時生益鍾念之無何被疾且甚生奔走醫巫無所不至終不愈一日屏人握真手嗚咽流涕自言曰妾

自知死至然忍羞以心曲告君幸君寬宥罪戾使得盡言已歔欷不自勝生亦為之泣固慰之廼曰一言誠自知受責於君顧九稚子猶在以為君累尚敢一誒口妾誠非人間人天命當與君為偶得以狐狸殘質奉箕帚二十年未嘗纖芥獲罪權以他類貽君憂一女子丐誠自謂竭盡今日永去不敢以妖幻餘氣託君念稚弱滿眼皆世間人為嗣續及其氣盡願少念弱子無以枯骨為讐得全肢體埋之土中乃百生

之賜也言終又悲慟淚百行下真驚恍傷感咽不能語相對泣良久以被蒙首轉牀而臥食頃無聲真揭被視之見一狐死被中真特感悼為之殯殮喪葬之制一如人禮葬後真特至陝訪李別墅惟虛臺荊棘闃無所見惆悵還家居一歲七子二女相次而卒屍骸皆人也而真亦無恙

狐出勤政樓

乾元二年詔百官上勤政樓觀兵赴陝州有狐出於

樓上獲之

狐奪册子

南陽張簡棲唐貞元末在徐泗間以放鷹爲事是日初晴鷹拏不中騰冲入雲路簡棲望其蹤與徒從分頭逐覔俄至夜可一更不覺至一古墟之中忽有火燭之光迫而前乃一塚穴中光明耳前覘之見狐憑几讀册子其旁有羣鼠益湯茶送果粟皆人拱手簡棲怒呵之狐驚走收拾册子入深黑穴中藏簡棲以

鷹竿挑得一册子迴歸至四更宅外聞人叫索册子聲出覔即無所見至明皆失所在自此夜夜來索不已簡棲深以為異因携册子入郭欲以示人往去郭可三四里忽逢一知己相揖問所往簡棲迴取册子話狐狀前人亦驚咲接得册子便鞭馬疾去迴顧簡棲曰謝以册子相還簡棲逐之轉急其人變為狐馬變為獐不可及迴車入郭訪此宅知己原在不出方知狐來奪之其册子裝束一如人者紙墨亦同皆狐

書不可識簡栖猶錄得頭邊三數行以示人

狐跨獵犬奔走

貞元末驍衛將軍薛夔寓居永寧龍興觀之北多妖狐夜則縱橫逢人不忌夔舉家驚恐莫知所如或曰妖狐最憚獵犬西隣李太尉第中鷹犬頗多何不假其駿異者向夕以待之夔深以為然即詣西隣子弟具述其事李氏喜開覊三犬以付焉是夕月明夔縱犬與家人輩窓覘之見三犬皆被覊靮三狐跨之奔

走庭中東西南北靡不如意及曉三犬困殆寢而不食纔瞑復為乘跨廣庭蹴蹋犬稍留滯鞭箠備至夔無可柰何竟徙

包恢沉狐

包恢字宏父為宋秘圖修撰知隆興府兼江西轉運沉妖妓於水化為狐人皆神之

林中書殺狐

林中書彥振攄氣宇軒昂有王陵之少戇罷政恒不

得意寓維揚喪其偶久之忽於几筵座上時見形飲食言語如平生狀仍决責奴婢甚苦彥振徐察非是乃微伺其蹤則掘地得一大穴破之羅捕六七老狐中一狐尤耄而白且解人語言向彥振哀求曰幸毋見殺必厚報彥振弗顧悉命殺之迄無他

狐升御座

政和壬寅有狐登崇政殿御座衛士晨起叱狐不動呼衆逐之至西廊下不見即日得旨壞狐王廟亦胡

犯關之先兆也

王貫殺狐

王貫本太原人移家覃懷而先人之壟在於臨汝少而聰穎未嘗有過沈靜少言年十七請京舉孝廉果擢第乃娶清河崔氏女選授嫯州參軍還過東都貫母之表妹死已經年常於靈帳發言處置家事兒女童妾不敢為非每索飲食衣服有不應求即加笞罵親戚咸怪之貫曰此必妖異因造姨宅唁姨諸子先

吴嬿謂諸子曰賊且至家外甥来必莫令進此小子大罪過人賈既至門不得進賈令台老蒼頭謂曰宅内者非汝主母乃妖魅耳汝但私語汝郎君令引我入可除去之家人素病之乃潛言於諸郎〻〻悟因哭令賈入賈行吊已向靈言曰聞嬿亡来大有神異言語如舊今故来謁嬿何不與賈言也不應賈又邀之曰今故来謁嬿若不言終不去矣當止於此魅被其勤請帳中言曰甥比佳乎何期别後生死遂隔汝不

相忘猶能相訪愧不可言因涕泣言語泣聲皆姨平生聲也諸子聞之號泣令具饌坐賈於前命酒相對殷勤不已醉後賈因請曰姨既神異何不令賈一見姨曰幽明道殊何要相見賈曰姨不能全出請露面不然呈一手一足令賈見之如不相示亦終不去魅既被邀苦至因見左手於几宛然又姨之手也諸子又號泣賈因前執其手姨驚命諸子曰外甥無禮何不舉手諸子未進賈遂引其手撲之於地而猶哀叫

撲之數四即死乃老狐也真形既見裸體無毛命火焚之魅語遂絶

道人飛劍斬狐

景定年間衢州某士赴省近京十數里少憩林中有婦人至前問官人何處士對以實因問婦人何處對曰所居甚近吾夫作商未歸適因在山觀人伐薪也因邀啜茶士人至其家林木森然庭戶幽雅盛設飲饌皆海錯甚美遂與合焉食罷辭行婦人挽留不可

乃贈綠羅兩疋約回途再来士人驚喜而去試畢將歸遇道人於市謂曰邪氣入腹不治將深士人恍不知故道人曰試思之士人遂告以遇婦人之故道人取藥一粒令吞之吐出蛙蠅滿地皆活視綠羅則蕉葉也士人大驚道人復以紙劍授之曰回途必再遇之可以此劍飛去士人拜謝而別至途婦人果来相距百步許厲聲大罵曰汝信旁人之言負恩如此士人飛紙劍中之而斃乃一牝狐也士人後登第

東陽令女被狐魅

東陽令有女病魅數年醫不能愈令邀王貫到宅置名饌而不敢有言貫知之謂令曰聞令有女病魅當爲去之因爲梔符令置所卧床前女見符泣而罵須臾眠熟有大狐狸腰斬於牀下疾乃止

法官除妖狐

咸淳乙丑溫州季公喜授充胡家僕一日胡令往宏山庵幹事路逢女子妖嬈顧盼動心遂爲所惑夜宿

門房女子忽然在前相得甚歡遂於是夜同寢自是暮來朝去殆無虛日一日歸卧房則女已在彼携鷄肉以餉仍取首飾釵梳花朵之類用紫帕包褁留置床頭公喜形體黄瘦不知為妖魅所惑且自謂有奇遇胡家怪而詰問所以公喜不能隱出示手帕包袱首飾等物人衆觀之乃是紫色茄柯野菊花枯枝敗葉之屬公喜始悟為妖遂投請法官行持救治追攝祟婦乃知一狐精為怪斷治後得無事

狐死塔下

王生其者讀書山室中往来必經方氏之門方有女年十七歲姿色姝麗善解詩賦常倚門眄望見王年少美容每秋波偷送彼此含情而父母戒嚴不能少通款曲王亦思方不置常形之夢寐一日晚悵、無聊步月中庭吟哦良久忽見一女從外来近視之則方也喜躍不勝擁致幃中各叙衷曲綢繆歡娛事闌已二鼓矣女不覺浩然長嘆王問之女曰噫我死矣

我非方氏也乃老狐耳吸日精月華幾百年所仙道
已成第欠陽精耳每於夢中取君之精固不可得不
獲已化方氏來今君戰戀過度妾亦漏洩行將有子
懷十二月而生我必死於峰巔塔下此子君之骨血
他日大有文名佐聖主理天下可名之令狐氏使不
忘我君念一宵之愛葬殮我於塔下我願足矣涕泣
而去王遂歸托媒達於方氏願締姻焉方從之合巹
之夕王道所以方曰向固嘗夢與君遇然不至為文

君之行不意此狐假我誘君非君之善戰此身終不白汚我多矣伉儷甚相得明年王果從峰巔覓之趨山半聞兒啼聲至則一狐死焉王乃瘞之而抱兒歸方育之如已子長氏令狐宦聰頴官至翰林而卒

王嗣宗殺狐

王嗣宗守邠土邠舊有狐王廟相傳能為人禍福歲時享祀祈禱不敢少怠至不敢道其故嗣宗至郡集諸邑獵户得百餘人以甲兵圍廟薰灌其穴殺百餘

狐或云有大白狐從火中逸去其妖遂息後人復為立廟則寂無靈矣郡有人贈嗣宗詩曰終南處士威風滅渭北妖狐窟穴空嗣宗大喜曰吾死後刻此詩於墓旁足矣

顧旃殺狐得簿書

吳郡顧旃至一岡忽聞人語聲云咄咄今年衰乃與衆尋覓岡頂有一穽是古時塚見一老狐蹲塚中前有一卷簿書老狐對書屈指有所計校犬咋殺之取

視簿書悉是姦人女名已經姦者朱鉤頭所跡名有百數旗女亦在其簿次

犬嚙老狐

晉天福甲辰歲公安縣滄渚村民辛家犬逐一婦人登木而墜爲犬嚙死乃老狐也尾長七八尺則止首之妖江南不謂無也但稀有耳

狐媚叢談卷四終

狐媚藂談卷五

狐稱玄丘校尉

張鋋夜行逢巴西侯置酒邀玄丘校尉至一人衣黑衣天将曉鋋悖悟乃一狐卧於傍

張明遇狐

張明字晦之年二十歲美姿容善詩賦尚未有室因在家安閑無事父母命其收拾資本出外為商偶至東京回來未及至家泊船於岸是夜月明如晝明不

能寐披襟閑行遂吟一絕云荇帶蒲芽望欲迷白鷗来往傍人飛水邉苔石青〻色明月蘆花滿釣磯明吟訖俄然見一美人望月而拜〻罷亦吟詩一首云拜月下高堂滿身風露凉曲欄人語静銀鴨自焚香又云昨宵拜月〻似鐮今宵拜月〻如弦直須拜得月輪滿應與嫦娥得相見嫦娥孤悽妾亦孤桂花凉影墮氷壺年〻空有羽衣曲不省二更得遇無美人吟畢張明見其美貌遂攬前問曰娘子因何而拜月

也美人笑而荅曰妾見物類尚且成雙可以人而不如物乎因吟此拜月之詩意欲得一佳壻耳明曰娘子今来至此莫非有所為而然耶美人曰亦無所為但得壻如君妾願足矣明喜曰娘子果不棄當偕至予舟同飲合巹之酒可乎美人欣然登舟相與對月而酌既而與張交會極盡繾綣次日明促舟還家同美人拜見父母宗族問明何處得此美女明荅以娶其處良家之女美人自入明家勤紡績儉日用事舅

姑以孝處宗族以睦接隣里以和待奴僕以恕交妯娌以義上下内外皆得歡心咸稱其得内助後遇府尹正直無私美人自往伏罪而死化為一狐衆始駭異

施桂芳贅狐

成都府何達與施桂芳往東京遊玩至一古寺觀覽一番遥見對寺一所樹林幽奇蒼鬱遂問僧曰前面樹林是何處僧曰劉太守花園太守亡後荒廢多年

惟茂林花樹而已桂芳與達往遊其地但見毀墻崩
砌石塌斜欹狐蹤兎跡交馳草徑二人嘆息不已達
因失物轉寺追尋桂芳緩步竹林忽見二女使從林
外入見芳笑曰太守遣妾奉迎芳曰太守是誰女使
曰君去便知芳即隨女使而去至一所在但見明樓
大屋朱門綉户堂上坐一丈夫見桂芳到便下階迎
接甚加禮敬坐定丈夫曰老夫僻居數十年矣人跡
罕到有一女欲覔快壻不得其人足下遠来真天緣

也頗以奉君幸勿見阻桂芳惶懼辭讓已被羣女引入一室與美人爲偶伉儷同心日惟嬉戲比及何逵来時遍覓無獲意爲虎傷驚疑未定集衆再往忽聞林叢咲語喧鬨遂冒荊棘而入見羣女擁一男子在石磯戲不已衆共叱之羣女皆没惟男子昏迷不動近前視之乃桂芳也扶掖而歸口吐悪涎數升月餘方愈

插花嶺妖狐

襄城縣白水村離城五十里揷花嶺有一狐夜吸太陰之華日受太陽之精久而化為女子體態嬌媚肌瑩無瑕假名花翠雲日往村中人家調戲男女村中有一小路可通開封府西華客商取其近捷莫不從此經過一日將晚翠雲遙見孤客來近隨變土穴作一茅房酒店便迎此客安歇是時客人見他美貌乘邀便轉與翠雲備酒對飲酒至二巡雲問姓名居址客云西華姓陳名煥、因問尊姐貴表丈夫何在雲云花翠雲丈夫往外家未回煥遂欲與結同心之好業言微露此意雲偷眼冷笑曰君有愛妾之心妾豈無相從之意二人遂成雲雨之會煥口占一詩云千里姻緣一夕期撫調琴瑟共鴛幃桃花與我心相濟悵恨私情遂曉啼雲亦和韻云夙緣有素晤今期鸞鳳雙飛戲羅幃惟顧綢繆山海固不忍鴛鴦兩處啼吟罷翠雲將煥迷死次日又往劉富二家引其子劉德入室染迷而死富二訴於府尹府尹齋戒三日蹤

　

於上神霄震老狐於嶺下

九尾野狐

錢塘一官妓性善媚惑人號曰九尾野狐東坡先生在杭權攝守事九尾野狐者一日下状解籍遂判云五日京兆判斷自由九尾野狐從良任便得状下堂化為狐而去

姜五郎二女子

建昌新城縣人姜五郎居邑五里外紹興四年中秋

夜在書室中玩月軋纂遥聞婦人悲哭穴窻窺之見一女子素服挈衣包正扣姜户姜問何人曰我只是在城董二娘隨夫作商他處不幸夫死又無父母兄弟可依今將還鄉乞食赶路不上望許留一宿姜納之使别榻而卧明日不肯去願充妾御姜復從之遂荏苒兩月方夜𥅆室中又有女子至云縣市典庫趙家婢進奴為主公見私被娘子捶打信步逃竄亦丐少留其人容貌端秀自言善彈琴奕棋及能畫姜喜

甚兩女同處如一家相與無鬩董氏嗜食鷄進奴客告云彼乃野狐精積久非便他説喪夫事盡虛詐也姜深以為疑董女已覺愠曰五郎今日致疑不喜歡莫是聽進奴妄説否我知渠是妖蛇精切勿墮其計姜曰何以驗其真相曰但買雄黃白芷各一兩擣成末再用九悍草神離草各一把生大蜈蚣一條共修合為餅以半作丸與服半焚於書院渠必頭痛更將半藥置鼻上立可見矣家有大雄鷄報曉董欲烹之

進奴使姜詐出外潛於暗壁守視果見董變狐身攫鷄而食急取刀刺殺之是夕進奴服藥亦死屍化為蛇

狐稱千一姐

龍興州樵舍鎮富人周生頗能捐資財以歌酒自娛樂紹興十四年六月有經過路岐老父自言王七公挾一女千一姐來展謁女容色姝麗善鼓琴奕棋書大字畫梅竹命之歌詞妙合音律周悅其貌且兼負

技藝甚妙絕謂其老曰我自有妻室能降意為側室乎對曰吾女年二十二歲更無他眷屬如君家欲得備使令老身之幸也周謝其聽許議酬之官券千緡老父曰本不較此但得吾女有所歸足矣呼伢儈立契約日留女而受券明日告別女為妾踰五年八月有行客如道人狀過門而言曰此家妖氣甚濃吾當為去之閽僕入報周急出將百錢與之不肯接與之酒亦不飲問曰君家有若干人口無論老少男女盡

行来前當爲相何人合貴周一門二十七口悉至廳上道人熟視一女即引手搯訣吹氣喝曰速疾俄雷火從袖中出霹靂一聲振响烟氣蔽面頃之豁然千一姐化爲白面狐狸以仆地而殞道人不見矣

天師誅狐

婺州曹陽縣郭郎中家依山而居山石險峻樹林深邃常有狐爲妖人不能治郭有一女年十六歲容貌甚麗忽尋不見父母疑爲祟所惑朝夕思慕不已遣

人齋信香詣龍虎山迎請觀妙天師救治欲翌日登行夜夢祖師云汝毋往吾將自治之忽一日有道人到郭家問之曰爾家中有何憂事郭以失女事對道人曰我有道法爾當遣人隨我尋之遂遣人隨去至屋後山中令其人閉目謂聞喝聲即開及喝一聲開目見山中火燄熒一大狐於中女立于前詢之乃此狐為魅其怪即絕道人乃給符與女服獲安如故

蕭達甫殺狐

吉州眉溪蕭達甫為子娶婦二年矣咸淳乙丑春夜二更餘闇者聞叩門聲問其姓名曰王二來小娘處取少物色闇者入告子婦思此人死數年心稍恐遂告以我家無此人闇者出則門無人矣次日詹前磚石亂下語言亂雜細如嬰兒皆不可辨日益以甚一家什物損壞迨盡但不傷人遍求法官治之無效遂將玄帝像掛於廳上惟廳上僅靜他處紛擾無時暫息子婦嘗自廚中奔入室閉門婦人視之仆地死矣

逾時方醒自後愈甚遂以爲常達甫告之曰不信汝有城磚抛来須臾抛下城磚於達甫之前視之所出窑磚尚熱再告之曰不信汝有食物抛来須臾抛下羊蹄一隻視之再有維揚税務印其變幻不可曉如此展轉至夏達甫嘗晝寢夢一白鬚老告曰廚中有物急擊勿失達甫驚覺呼其子同視之廚中器用狼藉一狐卧於竈亟捕之走由窻中出達甫拏其一足其子出外縛之釘於柱問曰每日抛下磚石非汝也

耶狐唯、作聲莫可曉復以足作抛石之狀遂烹以油當烹時簷前數十狐若哀懇者蕭罔顧也其怪遂絶乃知其子婦未出適時王二以少金銀寄之不復索而死蓋狐則山魈王二為祟勾引為怪也

羣狐對飲

宣和萬歲山上有羣狐盃酌對飲勅拍之皆散有一狐自艮嶽来入宮禁於御榻上坐侍衛喧閙倏然不見

誦經却狐

李回夔陵人元和年應舉不第東歸夜夢一僧人與回曰若来春要及第何不念金剛經回心大喜沿途便念去家十里因宿橋下忽被一女引至一村又見二女在傍回疑是妖怪遂念金剛經口出異光女伴化狐而去

西山狐

范益者精於脉藥仕元至正間為大都醫官年七十

矣嘗有老嫗詣其門曰家有二子屬疾欲請公往治之問其家焉在曰西山益憚途遠以老辭曰必不得已可携來就診耳嫗去良久携女至皆少艾益診之愕然曰何以俱非人脉必異類也因謂嫗爾無隱當實告我嫗惶恐跪訴曰妾實非人乃西山老狐也知公神術能生吾女故来投懇今已覺露幸仁者憐而容之益曰濟物吾心也固不爾拒然此禁城中帝王所在萬神訶護爾醜類何得至此嫗曰真天子自在

濠州城隍社令皆移守於彼此間空虛故吾輩不妨出入耳益異其言授以藥嫗及二女拜謝而去是時高皇帝龍潛淮右云益吾鄉劉原博先生之外祖也劉之祖能道其事

驪山狐

愚讀劉晨阮肇天台遇仙女之事心竊疑焉夫二女既仙必能離欲豈肯不有其躬而與塵寰採藥之夫自為伉儷哉或者山精狐魅幻化以迷之耳其曰劉

阮還家子孫無有存者此乃述齊諧之業者附會之過也何足信哉近年有朝士奉使關西過臨潼浴驪山温泉想像玉環不覺心動浴罷還行臺露出追凉忽見絳紗燈熒熒導一女官持節而来告之曰貴妃且至俄頃霓旌宮扇擁貴妃至中庭鳳冠翟褘環珮珊珊雪膚花貌恣媚流靨與朝士交禮畢款語移時遂携手入室薦枕席之歡五鼓既作女官又領仙仗迎之而去自是隨其所止源源而来朝士以為奇遇

驪山父老聞之曰是此山老狐精也其女官輩小狐精也即此觀之劉阮之所遇非此類耶

大别山狐

天順甲申歲浙人盧金蒋常往来湖湘間販賣物貨變易麻豆其年船抵湖廣之漢陽因觀〻音閣館驛一帶江水衝塌灣泊不便乃館於洗馬口舒家店對賣貨物店東馬姓者一女年十八美姿容勤女工自幼不喜言笑漢陽衛府及武昌求聘者紛〻父母因

無子未許嫁蔣生見而悅之其女不知人私視是時盧生年五十蔣生年十九年幼飄逸能詩一日朗吟曰丹桂花開月有光不能採摘只聞香高唐無夢巫山杳孤館蕭蕭空斷腸是夕天欲雨忽聞扣門聲蔣生執燭開門乃見日間對窻下之女佇聲謂之曰適見閣下有顧盻意是以背父母私就君子莫棄醜陋願效文君蔣喜不自勝乃附耳謂曰盧然方聽慎勿高言遂就寢天五鼓女告歸佇囑生曰我父母年雖

老而性嚴汝日間見我不可嬉戲只如往日可保始終於是蔣生日攻書史目不外視其家女李不知倚窻刺繡如常蔣思夜間相囑之言以為真有此情愈加持重東鄰皆喜其少年謹厚是後夜夜往來蔣生漸無精采茶飯減進盧生問病之根由但以思父母為對服藥求神一無應驗一日盧諭以鬼神不測之言蔣生病篤亦自恐又見馬家之女所見不似乎有情乃道其詳盧曰謬矣馬家門壁高父母嚴女不生

翅從何而出又問之曰今夕来否蔣曰来盧曰来則依我行乃以簾布裹芝蔴二升語生曰来則將此物與之蔣曰與此何用盧曰汝但依此行管教病愈是夜女果来蔣生始疑懼將前物以贈女謂之曰我病着題目了汝且回女亦傷感涕泗不肯去蔣懼呼盧女恐盧識拭淚而去次早盧教蔣生步芝蔴撒止何地蔣生依所教而行至大別山後一石洞邊見一狐人首畜身鼾睡正濃生叱云被你坑陷殺我耶其物

醒而負愧乃謂生曰今日被你識破我了我必有以相報乃入洞取草三束授生曰汝將一束煎湯自洗其病即愈一束撒在馬家屋上其家女即生癩風人不堪近醫不能救汝令人求之自醫將此茅三束草煎湯洗之則復如舊與君偕老無恙故此相報耳君其返勿以我之故告同舍郎我與郎君共枕席十三餘月乃宿緣不偶然夫妻情意不可相忘言訖泣下如雨生亦念其舊不忍加害乃與之別至館盧問訂

所見匿不言唯、而已其夜生以草水洗之不二日瘥果瘳乃暗以次柬草撒馬家房上其女果生癩皮痒膿出時天炎熱穢氣觸人醫術不能瘳父母不能近求其速死而不得欲投之於江而不忍蔣生乃浼漢陽所軍户王媽〻為媒求之其家以生為戲言亦戲之曰要便擡去於是蔣生以白金二錠為聘禮其家不受至次日蔣生塞鼻自背過街行者皆掩鼻其夜生煎湯以洗之二三日間瘡口漸愈四五日後瘡殼剝落七八日起牀行履未及半月言笑容顏如舊父母合家驚悔乃欲設宴延生結納生亦欲償聘禮女拒之以父母情薄不捨財救已乙酉歲徙居漢口滕古源家買舟約盧生回杭後不知所終

胡媚娘

新鄭驛卒黃興者偶出夜歸倦憩林下見一狐拾人髑髏戴之向月拜俄化為女子年十六七絕有姿容哭新鄭道上且哭且行興尾其後覘之狐不意為興

所覩故作嬌態興心念曰此奇貨可居乃問曰誰家女子敢深夜獨行乎對曰奴杭州人姓胡名媚娘父調官陜西適被盜於前村父母兄弟死寇手財物為之一空獨妾伏深草得存殘喘至此今孤苦一身無所依托將投水死故此哭耳興曰吾家雖貧賤幸不乏饘粥荆釵復淳善可以相容汝能安吾家乎女忍淚拜謝曰長者見憐真再生之父母也隨至興家復以前語告興妻、見女婉順亦善視之而興終不言其故時進士蕭裕者八閩人新除耀州判官過新鄭與新鄭尹彭致和為中表兄弟因訪致和致和宿之館驛黄興供役驛中見裕年少逸宕非端士且所携行李甚富乃語妻曰吾貧行可脫矣因欲動裕數令媚娘汲水井上使裕見之裕果喜其豔也即求娶為妻興曰官人必娶吾女非十倍財禮不可裕不吝傾貲成之携以赴任媚娘賦性聰明為人柔順上至太守之妻次及衆官之室各奉綵羅一端臙脂十帖事

長撫幼皆得其歡心由是內外稱譽人無間言其或賓客之來裕不及予付而酒饌之類隨呼即出豐儉咸得其宜暇則躬自紡績親繰蚕絲深處閨房足不履外閾裕有疑事輒以咨之即一一剖析曲盡其情裕自詑得內助而僚寀之間亦信其為賢婦人也未幾藩府聞裕才能擬委催粮於各府媚娘語裕曰努力公門盡心王室閨闈細務妾可任之惟當保重千金之軀以圖報涓涘之萬一慎勿以家自累也裕領

之而別因前進宿於重陽宮道士尹澹然見之私語
裕吏周榮曰爾官妖氣甚盛不治將有性命之憂榮
以告裕叱之曰何物道士敢妄言耶是年冬末糧完
回州署事届春暮而裕病矣面色萎黄身體消瘦所
為顛倒舉止倉皇同寅為請醫服藥百無一效然莫
曉其致疾之由周榮忽憶尹澹然之言具白於太守
太守問裕、曰然於是謂同知劉恕曰蕭君卧病皆
云有祟吾輩不可坐視劉曰盍請尹道士而治之乎

守即具書幣遣周榮詣重陽宮請澹然澹然曰渠不信吾語致有今日然道家以濟人為事可各一行乎便偕榮至守出迎以裕疾求救為請澹然屏人告守曰此事吾久已知彼之宅眷乃新鄭北門老狐精也化為女子惑人多矣若不亟去禍實不測守驚愕曰蕭君内子衆所稱賢安得遽有此論哉澹然曰姑俟明朝便可見矣乃就衙後堂結壇次日午澹然按劍書符立召神將須臾鄧辛張三帥森立壇前澹然焚

香誓神曰州判蕭裕為妖狐所惑煩公即為剿除乃舉筆書檄付帥持去俄而黑雲滃墨白雨飜盆霹靂一聲媚娘已震死闤闠矣守率僚屬往視乃真狐也而人髑髏猶在其首各家宅眷急取其所贈諸物觀之其綠羅則芭蕉葉數番臙脂則桃花瓣數片以示於裕〻始什然尹公命焚死狐瘞之僻處鎮以鐵簡使絶跡焉然後取丹砂雌黃篆符與裕服而拂袖歸山飄然不顧矣裕疾愈始以媚娘之事告太守遣人

於新鄭閭黃輿、已移居家遂般富不復為驛卒盖得裕聘財所致耳始畧言嫁狐之事於人詢者歸具以告太守衆乃信狐之善媚而神澹然之術焉

臨江狐

臨江富人陳崇古所居後有果園委一人守之販鬻皆由其手其人年可四十餘頗脩整不類庸下人獨居園中小屋間一夕有美姬来就之自言能飲索酒共酌且求歡其人疑之扣其居址姓氏終不荅曰與

君有宿緣故来相從無間也遂與狎自是每夜輒至日久情密如伉儷亦不復究其所從来矣比舍人怪園中常有人語聲竊見以告主人主人以其費財也召責之其人初拒諱因請主覆視記籍曾無虧漏更研問乃吐實主亦任之是夜姬来云而主謂吾誘汝財耶因從容言吾非禍君者比世界內如吾輩無慮千數皆脩仙道吾事將就特借君陽氣一助耳更幾日數足吾亦不復留此於君無損也他日来閑飲沉

醉談讙益款其人試挑之曰予於世間亦有所畏乎姬以醉忘情且恃交稔無復防虞直荅曰吾無所畏吾睡時則有光旋繞身畔人欲不利於我者一躡此光吾已驚覺終不能有所加也所最惡者人能遠之以口承其光而徐吸之則彼得壽而吾禍矣其人唯唯俟其去目送而望之遥見其踉蹌趨田中往看姬寐正熟有光照地如月依言吸之覺胸臆隱隱熱下光盡歛乃歸明日復至其所有老狐狸死焉景泰中

盛允高蒞鹽課維揚陳氏有商於揚者道其事云此
人尚在年九十餘矣

谷亭狐

弘治中杭州衛有漕船自京師還至山東時冬天河凍停舟八里灣其地去谷亭鎮八里故名一日薄暮有婦容服妖冶立岸上呼兵士為首者求寄宿曰兒此閘鎮上人將歸母家日暮不能及如見容不敢忘報兵拒之婦不肯去天益暮請益堅言辭哀惋兵不

覺應曰諾即留之宿兵所臥處僅與隔一板中夜婦呼腹痛嬌啼宛轉兵聞之心動乃起爇薪煎湯飲之因稍逼婦殊不羞拒兵遂與狎綢繆傾倒良以為奇遇也五鼓天大雪婦辭歸謂兵曰兒家去此不遠君既有心兒今夜當復來也兵曰幸甚即以繡枕頂一付并所市猪肝肺遺之云子可持歸作羹奉母也婦起凌雪而去兵寢日宴未起時舟中諸人皆知或起循其去路視積雪中無人跡惟獸蹤數十大怪之共

許曰彼美而尤且侵夜來未明輒去寧知非妖乎呼
兵趣訊之初尚拉諱引登岸指雪跡示焉乃大驚駭
吐實相與到鎮上訪之居人或云此地有數百年老
狐變幻惑人多矣君所遭將無是乎亟返舟集衆持
器械薪火而行逐其跡至野外轉入幽邃跡窮見大
樹可數抱中穿一穴枕項猪肝皆掛樹枝上衆喜曰
此必狐窟也環而圍之投薪火穴中燒爇良久一狐
突烟而出衆格殺之兵神癡旬日乃復

狐丹

齊女門外陸墓吴塔之間有趙氏兄弟居焉伯曰才之季曰令之地頗幽僻一日才之自外歸薄暮暝色慘淡才之少駐足道傍槐陰下倏忽昏黑才之方悔不疾行因反不動待人来偕去夜既闌見一燈熒、然由南而来漸近才之迫而察之乃一女子也暗中亦不詳辨色然殊覺有妖態視其火乃是啣一燈於口中耳初意訝之稍相接語便已迷眩女遂解衣予合馬合既復由此道遥運而去才之更帳〻而歸明晚恩之不置遂瞞其弟及家人待至晚候徑往坐其地候之女果復來合之又別如是者幾一月令之察馬備得其狀襲兄而去見兄復云〻兄既畢事令之乃前刼其女〻初無拒意便相從為滛令之自後遞互往合雖皆迷不知所謂而神度皆無虞如故或更覺强爽一日令之偶誇於所知〻曰子惑矣人口中豈置火處耶子令但奪其燈儻得之便强吞之可也

弟方悟曰良是其夕仍去則女已先在令之遂與綢繆初凡合時女則吐燈閣在於地事罷乃復入口至是令之伺閒急取燈便吞之女見之亟來奪之令之不及下咽急遽閒失燈墜於水女乃悵然大恨曰殊可惜矣柰何柰何令之問之女曰吾當以實告汝吾非人乃老牝狐也脩行幾百年矣吾丹已成所欠者陽人精血耳今得二君合數十回更得數如之則吾立躋仙地而二君亦且高壽令終吾口中火即丹也

令不幸失之是吾緣未就而更有禍矣最可恨者數百年工夫爲可惜耳然吾與君既爾云云不得爲無情所望於君者身後事耳言畢淚潸然下遂僵死於地果狐身也二生念之因相與浴而加衣埋之堅爽之地後不時往觀之念之不能忘其後亦無他異事在成化間

妖狐獻帕

湖廣寧鄉縣御史行臺久爲妖孽所居部使者至不

敢居邑令爲蓋新臺居之其舊臺蕪穢不葺以爲廢所尚有壁屋存焉弘治中臨川王約資博爲御史奉命巡按其省按行是邑偶經舊臺王問之吏具白其由王從界入隨入隸卒刈去草萊灑掃廳宇是夕止於此惟命一卒執燭餘令守門坐以待之至三鼓俄一美姬前進持一帕置案上再拜王取其帕鎮坐於座任其體態不出一語將及五鼓姬乞還原帕王執不與姬鬧鼓絶哀告百出終不與俟然而去天始明

諸司來候王言其故取帕視之乃狐皮也即率衆踪
跡其處行至後園見一枯楊伐之復掘其下三尺許
始得一穴見一剥皮老狐死其中王令火之其怪遂
絶

狐爲靈哥

靈哥事海内傳誦殆百年矣景泰天順間日溢於耳
邇年多不信之然見聞猶繁不勝登載亦有言其已
泯或言其本由假托者然謂其散泯有之盡以爲僞

恐不然予兒時則聞諸先人等且其物為性寂軟媚往往與人纏綿締結托為友朋昔景泰中有雲間張璞廷采成化間有吾鄉韓彥哲皆與交密張仕山右一學職為先公言曩入京師謁之設酒對酌坐間為張至家探耗頃刻已來言其居室之詳及所見其家人聞何語言見何動作鑿以無恙張筆於籍後按驗之無錙銖爽也頗與張言其身事謂在唐時與二輩同學仙處山中甚久師後以二丹令餌之戒餌後無

入水既各吞之皆躁甚腑臟若烈焰燒炙彼不能忍竟入水浴即死予則堅忍後復自凉乃獲成道迄今當時張循其言領畧其意彷彿似謂其師乃呂公而二物者似一狐一麋巳則狐也韓初以歲貢赴銓時祈兆於彼得驗且言韓當官游其地後韓果得同知德州與之相去不遠每事必諏之無不響荅其所處在魯橋閘旁民家一室不甚弘敞外設香火帷幕其內凡荅祈者自帷中言聲比嬰兒尤微殆類遙蠅稱

人每尊重仕者為大人舉子為進士公士庶或曰宦
人大率甚讜遜而善媚往〻先索取土宜禮物指而
言之或辭以無則曰其物在其箱篋其包襆有若干
予幾以惠何不可也往〻皆然故人輙驚異奉之禍
福或不盡驗或曰其物已往今其家偽造耳蓋初降
時因其家一婦人凡飲食動静皆婦密事與之甚昵
非此婦不語食或謂赤溪之蓋似亦有採取之說此
婦沒後家仍以婦繼之然不知其真也又聞之先朝

因旱潦嘗令巡撫臣下有司迎入京師託之祈禳其物亦處於驛舫比至京不肯入城强之不從因問既来何不一入覲天顔荅云禁中獒狗異常我不可入竟黙然歸人以是益疑為狐云

張羅兒烹狐

弘治初汴城張羅兒家北人呼篩為羅其家業此歲朝具果餌供祖越兩日漸少張疑之夜伏几下窺伺至二更有白狐来盜食張急起迎狐、忽變為白髮老人張即以父呼之食飲甚設狐喜云吾見孝順為之盡醉遂留不去凡有所須必為致之甫三歲貲盈數萬乃搆廣廈長子納官典膳次子為儀賓富盛既久張忽念身後子孫若慢狐〻必耗吾家矣乃謀害之戲指窻隙及物空中云能出入乎狐入復出試之數四狐弗疑也乃誘狐入瓶閉置湯鑊內益薪燃之狐呼曰吾有德於若反見殺耶人而不仁天必殃之乃公閱歲三百令為釜中魚悲夫狐死之三日其家失火所蓄蕩

然踰年次子醞酒殺人斃於獄又明年闔門疫死人以為害狐之報云

狐能治病

周府後山狐精與宮女小三兒通弘治間出嫁汴人居富樂狐隨之謂三兒曰吾能前知兼善醫術汝若供我使汝多財三兒語其夫〻固無賴子也即聽之掃一室中掛紅幔〻內設坐狐至不現形但嚮嘯呼三兒三兒立幔外諸問卜求醫者跪於前狐在內斷

其吉凶無不靈驗其家日獲銀一二兩時某參政之妻患血崩衆醫莫能療病危矣參政不得已使問之狐曰待我往東嶽查其壽數去少選復嘯至曰命未絶出藥一丸云井水送下夜半血當止矣果然又服二丸疾已全愈參政乃來稱謝以察之狐空中與參政劇談宋元事至唐末五代則朦朧矣參政嘆服聽民起神堂吾蘇李元璧客於汴病喉勺飲不下者七日矣求狐治之以黄金一兩為藥直請益倍與之乃

得藥一丸服之即瘥其神效之迹不可勝紀正德初鎮守廖太監之弟鵬名富樂索千金富樂言所得財貨隨手費盡無有也鵬怒下之獄狐亦自是不至矣

狐精

正德始元諠言狐精至吴城合郡驚懼人皆鳴金擊鼓夜以禦之余初意為妄夏夕隣家樓閣墜下一物毛首金睛張牙奮爪若有搏噬之狀時有方士楊弘本宿此樓遂步斗罡語咒噀水此物化作飛蟲而去

其聲甕〻迴數家彼隣又肆斗踞處女爲利爪攫其
胃矣以是知形變無常窮室益甚踰秋末向西南騷
擾而去自是滅跡